El Diabl También usa MINIFALDA

Cuando el matrimonio se prueba con
tentaciones... ni el cielo se atreve a mirar.

ROBERT MM

Publicado por POCAS Creative
Impreso en Estados Unidos de America
El Diablo también usa MINIFALDA

Registro de derechos de autor (U.S. Copyright Office):

Obra registrada bajo el número: Pendiente de asignación

Caso asociado: 1-15100444531

ISBN (tapa blanda): 978-1-972136-00-3

Dedicatoria

A todos los matrimonios que, de una forma u otra, libran sus propias batallas contra las tentaciones que la vida les pone enfrente.

Y muy especialmente, a los hombres que cada día enfrentan una guerra silenciosa: la de vencer sus impulsos, mantener la palabra dada y honrar el amor por encima del deseo.

Porque la fidelidad no siempre se demuestra con palabras, sino con las veces que uno decide no ceder.

Dedicatoria

Epígrafe

"La verdadera lealtad no se mide por lo que hacemos cuando amamos, sino por lo que resistimos cuando nadie nos ve."

— Robert MM

Índice

POCAS Creative

Nuestra Filosofía

1. Narrativa con propósito

No escribimos por escribir. Cada historia tiene alma, estructura y una intención clara: sacudir, incomodar o inspirar. Ya sea un thriller legal o una operación encubierta, *el ritmo manda*.

2. Calidad visual hecha en casa

No usamos portadas genéricas. Cada diseño es narrativo, intencional y cinematográfico. El arte no es accesorio; es parte de la historia.

3. Identidad sin permiso

No esperamos la aprobación de nadie para crear. En POCAS, las reglas se conocen… y se rompen con estilo. Escribimos con libertad, pero con estrategia.

4. Producción independiente, estándar profesional

Desde la escritura hasta la impresión, cada paso está hecho para competir con cualquier editorial grande. Y sin perder lo más importante: *la voz del autor.*

5. Visión global desde lo local

Podemos estar en Caguas P.R., Toronto o Berlín. No importa. Las historias de POCAS viajan. Se escriben con raíz, pero se proyectan al mundo.

6. El lector es el jurado

No escribimos para complacer al algoritmo. Escribimos para la persona que busca algo con filo, tensión, verdad o una buena sacudida emocional.

7. Hecho en la calle. Pensado como legado.

POCAS no nació en un escritorio. Nació de cantazos, de aprendizajes reales, de gente que no se rinde. Esto es narrativa con colmillo.

POCAS Creative

Storytelling. Sin miedo. Sin filtro. Con visión.

Edición publicada bajo sello editorial independiente.

ISBN registrado por el autor.

Prólogo

Me llamo Julius "Jay" Pierce. Hace cinco meses, mi vida era un catálogo de éxito: esposa de revista, carrera de ensueño, casa con vista al mar y hasta tuvimos un perro con pedigrí. Todo en orden. Todo perfecto.

Y entonces las amigas de mi esposa comenzaron a venir más seguido.

Yo no las invité. Pero tampoco las eché.

¿Qué iba a hacer? Soy educado… y respiraba.

Primero fue el "solo pasamos a esperar a Nicky". Luego el "¿tienes vino?"

Después el "¿por qué no te cambias aquí, Jay?"

Para cuando me quise dar cuenta, la mitad de las conversaciones ocurrían con alguien sentada en la encimera de la cocina con más escote que sentido común.

Nicky —mi esposa— decía que ellas me adoraban porque yo "las hacía reír".

Si supiera por qué se reían, me divorciaba antes.

A veces creo que el diablo organiza retiros espirituales disfrazados de brunch.

Y ahí estaba yo, un ingeniero con maestría en estructuras, tratando de mantener en pie la más inestable de todas: mi matrimonio.

Cinco meses después, sigo buscando el punto exacto donde todo se fue al carajo.

Así que, ya que estás aquí, te lo voy a contar.

Prometo no exagerar.

Bueno… tal vez un poco.

Capítulo 1

Manual de familia perfecta

Ya sabes mi nombre, tengo cuarenta y dos años y vengo de una familia tan católica que hasta el microondas reza antes de calentar el café. Mi madre es la clase de mujer que podría organizar una novena para encontrar las llaves perdidas; mi padre, un devoto silencioso que lleva cuarenta y ocho años casado con ella sin levantar la voz ni el tenedor. En el vecindario los tratan como leyendas vivas: “Los Pierce, ejemplo de fe y compromiso”.

A veces pienso que, si hicieran una película sobre ellos, la dirigiría el Vaticano y la pasarían los domingos después de misa.

Luego está mi hermano menor, Adam.

Doctor.

Casado.

Dos hijos.

Casa en San Francisco con vista a la bahía, un perro que obedece y un árbol genealógico que da frutos en orden alfabético.

Su esposa, Miriam, es dentista y perfecta: sonríe mucho —quizás porque puede pagarse el blanqueamiento profesional— y hace brownies sin quemarlos.

Entre los cuatro —Adam, Miriam, Kaity y Jason— podrían protagonizar un comercial de seguros de vida.

Yo, en cambio, soy la cláusula de "excepto".

Mis padres dicen que "Dios tiene un plan para todos".

Creo que el mío consistía en romper la estadística.

Mi vida siempre giró alrededor del trabajo.

Ingeniero estructural: suena sólido, y lo es. Pasé de construir maquetas en la universidad a calcular el peso de edificios que ahora sostienen oficinas de gente que cree que "estructura" es un tipo de yoga.

No me quejo: mi empresa va bien, mis proyectos salen en revistas y mi cuenta bancaria no sangra los viernes.

Lo que no tengo son hijos. No porque no quiera, sino porque Nicky y yo disfrutamos demasiado la vida tal como está: silenciosa, ordenada y con espacio suficiente para dormir sin un pie pequeño en la cara.

Somos una pareja moderna: cenamos juntos, reímos, discutimos por tonterías, hacemos las paces… y repetimos.

Todavía nos gustamos. Y eso, según las estadísticas matrimoniales, es casi un milagro.

En la secundaria jugué fútbol americano. No era el mariscal de campo; era el tipo que hacía el trabajo sucio mientras el mariscal se llevaba la gloria.

Mis amigos de entonces —Chuck, Peter, Andrew y Mark— siguen siendo mi manada. Nos autodenominamos Los Cuatro Jinetes del Apocalipsis aunque fuéramos cinco… hasta que se dieron cuenta de que yo me aparecía en cada desastre, así que me rebautizaron "El Quinto Jinete".

Cuando nos juntamos, el promedio de madurez baja veinte años: cerveza, carreras de autos, partidos, surf ocasional y la eterna discusión sobre quién tuvo peor gusto musical en los noventa. Ellos son mi cordón a tierra y, al mismo tiempo, el recordatorio de por qué a veces me gusta vivir a veinte millas de ellos.

Conocí a Nicky en la universidad. Ella estudiaba contabilidad; yo, ingeniería. Nos cruzamos en una clase optativa de estadística, ese paraíso donde los sueños mueren entre ecuaciones.

Mientras yo trataba de descifrar una fórmula, ella ya estaba calculando mi futuro fiscal. Desde entonces, mi vida giró alrededor de ella.

Nos casamos poco después de graduarnos; una boda bonita, con flores caras, discursos empalagosos y la bendición de ambas familias.

Mis padres la adoran porque es organizada, discreta y no dice malas palabras delante de ellos. Los suyos me adoran porque todavía creen que soy “ese muchacho serio que va a misa con corbata”.

Y así, durante años, fuimos la pareja que todos ponían de ejemplo en los almuerzos familiares.

Hasta hace cinco meses.

Eso ya lo sabías.

De momento, quédate con esta postal: una familia modelo en San Francisco, un hermano con hijos de catálogo, un ingeniero satisfecho, una esposa que brilla… y un narrador que todavía no sabe que su vida está a punto de convertirse en comedia involuntaria.

Vivimos en Pacifica, California, una de esas ciudades costeras donde el mar parece diseñado por un arquitecto con exceso de tiempo libre.

Desde nuestra terraza se ve el Pacífico extendiéndose como una promesa; el tipo de vista que hace creer que la felicidad se compra con hipoteca.

La casa es moderna, abierta, llena de luz.

Cada rincón dice "éxito".

Cada factura lo confirma.

Los domingos desayunamos frente al ventanal, con el sonido de las olas mezclándose con el aroma del café.

Desde afuera, todo parece perfecto: la pareja ideal, la vida ideal, el matrimonio ideal.

Y probablemente lo era.

Hasta que las amigas de mi esposa decidieron empezar a venir más seguido.

Eso lo hablaremos más adelante.

Y ahora hablemos de Nicky — Valerie Nicolle Pierce, para efectos legales y contables. Hija única. Hija modelo. Pero para su familia y amistades "Nicky".

Si mis padres son la encarnación del "hasta que la muerte los separe", los suyos son el departamento de relaciones públicas de Dios.

Donald y Margaret Walters, vecinos de Burlingame, asisten a la misma iglesia que mis viejos: a Santo Tomás de Aquino, donde la misa parece un desfile de gente que no sabe si va a rezar o a ser vista.

Donald es el tipo de hombre que siempre huele a colonia cara y culpa; Margaret, la clase de mujer que puede ofrecerte galletas caseras mientras te clasifica moralmente con la mirada.

Ambos son encantadores… a distancia.

Cada vez que los visitamos, siento que entro en una dimensión alternativa donde las alfombras no se ensucian y los matrimonios no discuten, solo dialogan en tonos suaves.

Son los Walters: amorosos, educados, y peligrosamente devotos. Una noche con ellos basta para entender por qué Nicky aprendió a controlar sus emociones: en esa casa, levantar la voz debe ser pecado venial.

Por suerte, creo que Nicky sacó lo mejor de ambos: la calma de su padre, la determinación de su madre y ese encanto que juro ninguno de los dos admite tener.

Graduada con honores en contabilidad, dueña de su propia firma, y con la habilidad de encontrar un error en tus finanzas antes de que tú encuentres el control remoto. Tiene una mente precisa, fría cuando debe serlo, pero una sonrisa que derrite presupuestos.

Nicky no necesita gritar para dominar una sala; con levantar una ceja basta.

Yo la vi cerrar tratos millonarios y dejar a hombres de traje caro repitiendo "sí, claro, por supuesto" como si fuera hipnosis.

Y sí, es hermosa. No de esas bellezas que gritan "mírame", sino de las que te desarman sin permiso.

Nicky puede entrar a una habitación y volverla suya en segundos. A veces pienso que Dios la creó para probar el autocontrol del resto de nosotros.

Y vaya si funciona.

Capítulo 2

Viernes en construcción

Los lunes siempre me han parecido un castigo divino. A las diez y media de la mañana ya llevaba tres cafés, dos discusiones y una amenaza de paro laboral encima. El proyecto de la Nueva Torre de Comercio de San Francisco —117 pisos de vidrio, acero y egos desatados— era mi criatura y mi condena.

El ayuntamiento, en su infinita sabiduría, decidió dividir el contrato entre varios contratistas "para no poner todos los huevos en una sola canasta".

Lo que lograron fue repartir el caos con exactitud calculada.

A media mañana ya había peleado con un electricista que juraba que las leyes de la física eran opcionales, con el chofer del camión de cemento que creía que "plazo de entrega" era una sugerencia, y con un plomero que me hablaba como si el edificio fuera suyo. Cada uno tenía su teoría sobre por qué el resto del mundo estaba equivocado, y yo era el árbitro de ese torneo de idiotas.

Estaba revisando un plano por quinta vez cuando mi celular comenzó a sonar con ese tono que solo uso para los muchachos: el sonido de un casco chocando contra una lata.

Mark.

El más puntual de los "Jinetes del Apocalipsis", y el único que todavía cree que un plan de viernes se organiza el lunes.

—Dime que sigues vivo, Jay.

—Por ahora. Si uno más me dice "esto no estaba en el plano", me rindo y dejo que construyan el Taj Mahal versión Pacífico.

—Perfecto, entonces te apunto para el viernes. Los muchachos quieren salir.

—¿Salir a qué?

—A beber, a olvidar, a recordar… lo de siempre.

Cerré los ojos un segundo. Lunes. Planos, cemento, plazos imposibles.

Y Mark ya hablando de viernes como si faltaran cinco minutos.

Pero tenía razón. Necesitaba una noche sin planos, sin cascos, sin responsabilidades.

—Está bien, me apunto —le dije.

—Así me gusta. Prepara el hígado, Pierce.

—Eso ya no se prepara, Mark. Se resigna.

Colgué y me quedé mirando el plano extendido sobre la mesa.

117 pisos, mil problemas, y cinco días para sobrevivir hasta el viernes.

Nada podía salir mal. Excepto todo.

Era la 1:30 p. m. cuando el teléfono sonó con el nombre de Nicky.

—¿Vas a llegar para la cena, amor? —preguntó, con ese tono de ejecutiva agotada que intenta sonar relajada.

—Claro —respondí—, si el edificio no se cae antes.

—Perfecto, porque necesito vino. Mucho vino. Ha sido un lunes de los buenos, y todavía no termina.

—Bienvenida al barco —le dije—. Te veo esta noche.

Colgué volví a mirar el plano sobre la mesa.

Era casi poético: ella peleando con balances, yo peleando con cables.

Dos almas destinadas a quemarse el cerebro por separado.

A las cinco en punto ya había despachado a medio mundo.

Me quedé en la oficina con Rosemay, mi asistente, que insistía en ordenar mis papeles como si fueran una excusa para quedarse. Rubia, sonrisa de catálogo y un perfume que probablemente costaba más que mi primer carro. Habla con diminutivos y, juro, se inclina demasiado cuando señala algo. No hay un código de ética que cubra eso.

—¿Va a trabajar hasta tarde, señor Pierce? —preguntó, apoyando una mano en el respaldo de mi silla.

—Solo lo suficiente para no arrepentirme mañana —contesté, sin levantar la vista.

—Qué responsable —dijo, en ese tono que no se usa para hablar de responsabilidad.

En otro universo, tal vez habría respondido de otra forma.

Pero en este, con una esposa esperando y una reputación que mantener, solo sonreí, recogí mis planos y di por terminado el día.

—Hasta mañana, Rosemay.

—Hasta mañana, jefe. Descanse… si puede.

El ascensor tardó una eternidad en bajar.

Y yo, con toda mi ingeniería, todavía no he encontrado una fórmula que mida cuánto puede complicarse la vida de un hombre en un simple lunes.

Salí del trabajo antes de lo usual, algo que en mi calendario es casi un evento astronómico. El día había sido un desfile de caos, gritos y planos, y mi cabeza necesitaba algo que no tuviera tornillos ni plazos.

Mientras manejaba por la autopista rumbo a Pacifica, recordé a Nicky, diciéndome, “necesito vino, mucho vino”, y yo sabía lo que eso significaba: vino, carne y silencio.

Así que decidí sorprenderla.

Nada de pedir comida; esta vez cocinaría yo.

Un par de Ribeye bien gruesos, con espárragos al horno, justo como le gustan.

Ya podía imaginar su cara cuando los viera salir del sartén: esa sonrisa que siempre me hacía sentir que, al menos por un rato, que todo estaba bien.

Me desvié hacia el mercado de la esquina de Linda Mar Boulevard, uno de esos sitios donde la gente compra productos “orgánicos” solo para justificar los precios.

Caminé por los pasillos repasando mentalmente la lista: carne, espárragos, romero, sal gruesa.

Faltaba el vino.

Con Ribeye, lo correcto era un Cabernet Sauvignon, intenso, con carácter… como ella.

Revisé en la aplicación de mi cava personal (a ver si, tenía una) y me di cuenta de que no quedaba ni una botella decente.

Así que paré en la bodega de Martelli Wines, donde el dueño me saluda por nombre y precio.

Compré un Cabernet del 2018, etiqueta discreta, pero con suficiente elegancia para que Nicky soltara un "mmm, buen gusto" antes del primer sorbo.

El sol ya caía cuando llegué a casa.

Pacifica estaba en su hora dorada, esa franja de tiempo donde todo parece digno de una postal.

Bajé del auto con las bolsas en una mano y las llaves en la otra, cuando escuché una voz familiar detrás de mí.

—¡Jay! —era Ángela, mi vecina de al lado, trotando junto a su esposo Andrés.

Los dos vestidos como si Nike los patrocinara.

—¡Mira quién sale temprano por fin! —bromeó ella, secándose el sudor con la muñeca.

—Milagros de lunes —dije sonriendo—. Si no aprovecho ahora, el edificio me traga vivo.

—¿Y Nicky? —preguntó Andrés, respirando como si acabara de subir el Everest.

—Viene en camino. Hoy cocino yo. Cena sorpresa.

—Esa fue mi perdición.

Ángela aplaudió como si hubiera anunciado una boda.

—¡Eso sí es un hombre moderno! —dijo—. Andrés, aprende.

Él levantó una ceja, resignado.

—Yo cocino… cuando el microondas no falla —bromeó.

La conversación siguió su propio curso: trabajo, tráfico, los nuevos vecinos, la remodelación de la entrada de la casa de los vecinos nuevos.

Yo asentía, sonreía, y por dentro solo pensaba en la carne que todavía no estaba en el sartén.

Cada minuto se sentía como una condena con sonrisa incluida.

Intenté cerrar el tema tres veces.

—Bueno, tengo que ir a…

—¡Ah, y no te conté lo de nuestra sobrina! —me interrumpió Ángela.

Sonreí otra vez, más por reflejo que por convicción.

El sol ya se escondía, y la bolsa del mercado empezaba a marcarme la mano.

Entonces vi el auto de Nicky entrar al garaje.

Salvación.

Levanté la bolsa como si fuera una bandera blanca.

—Ahí viene mi esposa —dije—, y si no entro ahora, la cena sorpresa va a ser carbonizada.

Ángela rió, Andrés saludó con la mano, y yo aproveché el momento para escabullirme como un preso con indulto.

Al cerrar la puerta, sentí el olor del perfume de Nicky.

Ella me sonrió desde la cocina, ya descalza, con ese brillo de "hoy necesito desconectarme del mundo".

Y por primera vez en todo el día, el caos pareció quedarse afuera.

Capítulo 3

La cena perfecta

El sonido del aceite chispeando en la sartén fue mi manera de cerrar oficialmente el lunes. Dos Ribeye dorándose, los espárragos alineados como soldados, y el vino respirando en la mesa. Si la ingeniería estructural fallaba, al menos me quedaba la gastronomía emocional.

Nicky estaba descalza, con el pelo suelto y una copa en la mano.

La vi mirar la carne, el vino, la mesa ya servida.

—No sabía que estabas en modo Gordon Ramsay —dijo con media sonrisa.

—Solo trato de mantener vivo el matrimonio —respondí—. Cocinar es más barato que terapia.

Nos sentamos.

Por unos segundos, el sonido del mar fue el único tema de conversación.

Después, vino lo inevitable: el balance del día.

—Hoy fue una locura —dijo, sirviéndose vino—. La reunión de las ocho se extendió hasta el mediodía. El cliente cambió el presupuesto tres veces y mi jefa de auditoría se olvidó de adjuntar el informe final.

—Parece divertido —le dije—. Yo discutí con un plomero sobre las leyes de la física. Creo que gané, pero él se llevó el último trozo de dignidad.

Nicky rió.

—¿Qué tal los muchachos? ¿Siguen vivos tus "Jinete"?

—Sí, y planeando mi ruina.

—¿Otra parranda?

—Viernes. Cervezas y partido en Cica's el *Sport Bar* de siempre.

—Ah, el templo sagrado de las alitas y la testosterona.

—Exacto. Lugar donde el colesterol y la nostalgia compiten a partes iguales.

Se encogió de hombros.

—Perfecto, entonces yo saldré con Lourdes, Jenny y Ava.

—Las tres al mismo tiempo. Qué valiente —bromeé.

—Las tres, sí. Vamos al *Le Sel*, ese restaurante nuevo que abrió en el centro.

—Ah, el de los menús sin letras y las porciones que parecen ensayo clínico.

—Exactamente. "Experiencia culinaria inmersiva", lo llaman.

—Yo prefiero las experiencias donde uno no sale con hambre.

Nicky sonrió y bebió un sorbo.

Ese era nuestro lenguaje: sarcasmo, ironía y amor en código.

Funcionaba.

Hasta ahora.

—Ah, y el sábado no te olvides —dijo, mirando el calendario en su celular.

—¿Qué pasa el sábado?

—¿En serio lo olvidaste? cena en casa de tus padres. Cumpleaños de tu papá.

—¿Otra vez? ¿No cumplió el año pasado?

—Sí, pero por lo visto sobrevivió para repetirlo.

—Fantástico. Cena con mi familia. El evento anual donde todos me preguntan por qué aún no tenemos hijos y si necesitamos "consejería".

—Tranquilo, este año llevaremos mucho vino.

Nos reímos.

Era una risa real, aunque yo sabía que no del todo libre.

El tipo de risa que usas cuando sabes que el tema está cerca del campo minado.

La cena siguió con su rutina: bocados, risas breves, frases mecánicas.

Yo hablaba de acero y cemento; ella, de balances y auditorías.

Era como si viviéramos en paralelo, dos líneas perfectas que solo se cruzaban en la cena.

Y aun así, me gustaba ese silencio compartido, esa paz precaria que parecía sostenerse por pura costumbre.

Cuando terminamos, Nicky recogió los platos y yo abrí otra botella.

—¿Sabes? —dijo mientras enjuagaba las copas—. A veces siento que todo va tan rápido que no me doy cuenta de cuándo empieza o termina la semana.

—Bueno, si te sirve de consuelo, yo tengo la misma sensación… pero con los años.

Ella soltó una pequeña carcajada.

—Eres incorregible.

—Soy ingeniero, es casi un diagnóstico.

Nos quedamos un momento en silencio.

Ella apoyó las manos en la encimera, yo en la copa.

No había tensión, ni distancia.

Solo esa sensación sutil de que algo, sin romperse aún, estaba a punto de hacerlo.

Esa noche, después de la cena, mientras ella subía a ducharse, me quedé mirando el reflejo del vino en la copa.

Pensé en el viernes, en los muchachos, en el partido.

Pensé en ella, en sus amigas, en ese restaurante que parecía más laboratorio que cocina.

Y me reí solo.

No porque tuviera un chiste, sino porque empezaba a sospechar que todo lo que parecía bajo control, no lo estaba.

El martes me cayó encima sin pedir permiso.

Yo estaba revisando los planos del piso 74 cuando Rosemay, mi secretaria, irrumpió en la oficina con la energía de un huracán rubio.

—Señor Pierce, ¿ya vio el correo del proveedor de acero?

—No, y si es tan urgente, seguramente lleva desde ayer en mi bandeja —respondí.

—¡Pues claro! Porque nadie revisa el correo hasta que las vigas se derrumban, ¿verdad?

—Tranquila, Rosemay, el edificio todavía está de pie. Cuando empiece a inclinarse, prometo revisar el inbox.

Ella puso los brazos en jarra, frunció los labios y soltó un bufido digno de telenovela.

—Usted hace chistes, pero si algo sale mal, adivine a quién van a culpar.

—A usted, por interrumpirme cada diez minutos.

Se dio la vuelta indignada, aunque sé que estaba sonriendo.

Rosemay vive en un mundo donde el drama es combustible.

El teléfono fijo empezó a sonar justo cuando ella salió cerrando la puerta con un suspiro exagerado.

Miré el identificador de llamadas: “Mami.”

Perfecto.

El siguiente nivel del caos.

—¡Jay! Hijo, ¿cómo estás? —la voz de Ana Pierce siempre suena como si hubiera tomado café bendecido.

—Sobreviviendo, mamá. El edificio sigue en pie y todavía no me han echado de la ciudad.

—Ay, no seas sarcástico. Te llamo para hablarte de la cena del sábado.

—¿Otra vez? ¿Acaso el cumpleaños de papá es ahora una franquicia?

—No empieces. Tu padre está muy ilusionado. Cumple 70 y quiere que sea algo especial.

—Sí, nada dice "especial" como un interrogatorio familiar sobre por qué seguimos sin nietos.

—No exageres. Nadie te va a interrogar.

—Mamá, la última vez tu amiga Evelyn me preguntó si era estéril o egoísta.

—¡Ay, esa lengua de Evelyn! Pero no estará, está de viaje.

—Perfecto, entonces solo me preguntarán si necesito terapia.

Escuché a Bruce, mi padre, de fondo:

—Dile que no llegue tarde.

—¿Oíste a tu padre? Que no llegues tarde.

—Sí, lo oí… tres estados más allá también. Dile que llegaré puntual.

—No confío en ti, Jay. La puntualidad nunca fue tu don.

—Tranquila, mamá, pienso llegar antes de que él empiece a cortar el pastel o a filosofar sobre la juventud perdida.

Ella soltó esa risita que siempre precede a la amenaza pasiva.

—Y vístete bien, que va a venir el padre Thomas.

—¿El cura? genial. Nada alegra una fiesta como un sermón sobre la templanza mientras todos tenemos copas en la mano.

—Jay, por favor… —dijo con tono maternal y resignado.

—Lo prometo, mamá: seré el hijo modelo por una noche. Nada de sarcasmos.

—No te creo ni un poco.

—Por eso me criaron bien: para defraudar con estilo.

Colgué y me quedé mirando el teléfono un momento.

En menos de cinco minutos, había sobrevivido a Rosemay, a mamá y a papá Bruce en modo altavoz.

Todo un récord.

Si el edificio se derrumbaba ahora, al menos moriría con la conciencia limpia.

Rosemay asomó la cabeza otra vez.

—¿Todo bien, jefe? Lo escuché reír solo.

—Sí, Rosemay, es mi terapia de bajo costo.

—Bueno, ¿necesita café, el suyo se enfrió?

—Tráigame otro… y por favor, que no sea bendecido.

Ella sonrió y desapareció por el pasillo.

Yo suspiré, me recliné en la silla y pensé que, si el lunes fue un castigo divino, el martes ya parecía una penitencia personalizada.

Capítulo 4

Viernes de tentaciones logísticas

El viernes amaneció con la misma actitud de un gato mojado: molesto con todo y sin explicación aparente.

Yo llegué a la obra antes que el café y ya tenía un supervisor esperándome con cara de pocos amigos.

—Pierce, necesitamos aprobar el nuevo presupuesto del cableado —dijo, agitando un expediente como si fuera una bomba.

—¿Y por qué lo apruebo yo? —pregunté, sin soltar el termo.

—Porque usted es el ingeniero principal.

—Ah, claro, pensé que era el terapeuta grupal.

Pasé la mañana saltando entre planos, llamadas y una reunión donde tres adultos debatieron 15 minutos si "plazo flexible" significa "entrega tarde".

A las 11:30 a. m. ya había amenazado mentalmente con renunciar tres veces.

A las 12:15 p. m., ya sabía que no lo haría: los pagos del mortgage no se cancelan con sarcasmos.

En la oficina, Rosemay estaba en su habitual modo desfile: falda ajustada, perfume de revista y esa forma de caminar que hace que el aire se detenga a observar.

—¿Va a almorzar, señor Pierce? —preguntó apoyándose en la puerta con una carpeta que probablemente no contenía nada.

—Depende, ¿tenemos almuerzo o solo una sesión de preguntas existenciales?

—Depende de su estado de ánimo —respondió con media sonrisa—. Si está de mal humor, le traigo ensalada; si está feliz, hamburguesa doble.

—Entonces hoy toca ensalada.

—¿Y si quiero verle comer hamburguesa?

—Eso suena como acoso laboral con extra de papas fritas.

Rosemay rió, una risa breve, peligrosa.

—Debería sonreír más, jefe. Le hace bien al cemento.

—Y a usted le hace bien no dejar huellas digitales en mi escritorio.

Ella levantó las manos, en forma teatral.

—Ay, tranquilo. Solo intento mejorar el ambiente.

—Pues si trae más café, bienvenida.

Se alejó moviendo la cabeza, dejando tras de sí un perfume tan caro que probablemente debía declararse en aduanas.

A las 6:00 p. m., había sobrevivido sin derrumbes ni demandas.

Salí rumbo a casa con la satisfacción del que sabe que su matrimonio sigue siendo su refugio… por ahora.

Tenía la playlist lista, el ánimo medio agotado y el plan perfecto: ducha rápida, ropa casual, y dejar que Nicky me contara los planes con sus amigas mientras yo fingía que entendía de “restaurantes concepto”.

Pacifica me recibió con ese aire salado y engañosamente tranquilo.

Aparqué, coloqué una cerveza en el congelador, subí las escaleras y me duché.

Luego Jeans, camisa blanca, reloj de acero. El uniforme del hombre que no quiere destacar, pero tampoco pasar por invisible.

Mientras ajustaba el cuello de la camisa frente al espejo, recordé algo crucial: la cerveza que había metido en el congelador para antes de salir.

—Perfecto —murmuré—. Un minuto más y tengo una granada de malta. Y si la tenía solo cambió de forma.

Bajé hacia la cocina.

Y ahí fue cuando la trama decidió girar.

Lourdes.

Parada frente al refrigerador abierto, como si la casa fuera suya, con una copa de vino en la mano y la otra en la cadera.

El tipo de mujer que podría pedirte un favor y hacerte sentir que fue tu idea.

Llevaba un conjunto que desafiaría cualquier código de vestimenta y una sonrisa tan segura que, de repente, olvidé por qué había bajado.

—Vaya, si no es el famoso Julius Pierce —dijo, dándome una mirada de arriba abajo que debía venir con advertencia de uso.

—El mismo. Aunque el famoso lo dudo. Apenas sobrevivo a los viernes.

—Tu esposa dijo que estabas vistiéndote, pero no me imaginé que tan bien.

Ok, eso era territorio minado.

Sonreí por reflejo, el mismo reflejo que usas cuando te para la policía y no sabes por qué.

—Gracias, pero el mérito es del detergente.

—Oh, no seas modesto. —Se acercó un paso, como si la distancia fuera negociable—. Nicky tiene suerte.

Mi cerebro, ingeniero y todo, se dividió entre tres tareas imposibles: mantener la compostura, encontrar la cerveza y recordar cómo se respiraba.

—Bueno, intento ganarme el sueldo —dije, abriendo el congelador como si ahí estuviera la salida de emergencia.

Saqué la Samuel Adams Irish Red, perfectamente fría, y la levanté como trofeo.

—Objetivo cumplido.

—¿Siempre hablas solo cuando estás nervioso? —preguntó ella.

—No. También a veces cuando tengo hambre.

Lourdes soltó una risa que sonó más como reto que como halago.

—Relájate, Jay. Solo estoy bromeando.

—Perfecto, porque no tengo póliza contra malentendidos.

Ella se encogió de hombros, con esa sonrisa que dice “no me crees, pero te gusta el juego”.

Yo di un paso hacia la salida, cerveza en mano.

—Si Nicky pregunta, dile que su esposo sobrevivió a la cocina.

—Claro… aunque no todos lo logran.

Salí antes de que mi ego hiciera comentarios que mi matrimonio no podría financiar.

Mientras subía las escaleras, di un trago largo de la cerveza y pensé:

Hay planos más fáciles de sostener que una conversación con Lourdes.

Subí las escaleras con la cerveza en la mano, todavía tratando de recordar si había dicho algo que pudiera usarse en mi contra.

Tenía la sensación de haber cruzado un campo minado con los ojos vendados… y de alguna manera sobrevivido.

Cuando abrí la puerta del dormitorio, Nicky estaba frente al espejo, ajustándose los aretes.

Llevaba ese vestido azul que parecía diseñado para arruinar mi concentración.

Se giró al verme.

—Ah, estás aquí —dijo, sonriendo—. ¿Te topaste con Lourdes?

—Mmm… sí. En la cocina —respondí, intentando sonar casual.

—Ah, perfecto. Bajó por vino. Llegó temprano para esperarme.

Perfecto. Bajó por vino.

Claro. Porque nada dice solo vine a esperar como aparecer vestida para un videoclip de reguetón.

—Sí, la vi. Muy… energética. —Tomé un sorbo de cerveza, buscando las palabras con la precisión de un cirujano—. Diría que es un poco… intensa.

—¿Intensa? —repitió, arqueando una ceja—. ¿Qué hiciste ahora?

—Nada, te lo juro. Solo dije "hola" y ella me devolvió un… ensayo visual.

Nicky soltó una risa corta.

—Bueno, así es Lourdes. Tiene la sutileza de un huracán con tacones.

—Ah, qué alivio, pensé que era algo personal.

—No, no. Ella coquetea con todo lo que respira.

La miré en el espejo.

—Gracias por la parte de "todo lo que respira". Me hace sentir especial.

—Tú no necesitas ayuda para eso, amor —dijo con una sonrisa medio irónica.

Me senté en la orilla de la cama.

—Bueno, aviso que si tu amiga sigue practicando su mirada de rayos X, voy a empezar a usar casco en mi propia cocina.

—Deberías. Y chaleco antibalas también.

Ambos reímos.

Ese era nuestro superpoder: convertir el absurdo en humor antes de que se volviera discusión.

Nicky se acercó, apoyó las manos en mis hombros.

—Solo ignórala, ¿sí? Lourdes pasa por una… etapa complicada.

—¿Etapa?

—Digamos que rompió con su novio número tres en menos de un año. Está en modo "autovalidación intensiva".

—Traducción: peligrosa para el ecosistema.

Ella me dio un golpecito en el pecho.

—No exageres. Es buena persona, solo… intensa.

—Eso ya lo noté. Entre su perfume y su escote, casi me da una descarga eléctrica.

Nicky rodó los ojos, pero se reía.

—Ay, Jay, si las mujeres te miran, la culpa no es de ellas.

—Ah, no. Pero el riesgo civil sí.

Me levanté, tomé la chaqueta del perchero y le di un beso en la frente.

—Bueno, mi amor, me voy con los "Jinetes".

—"Los Jinetes del Apocalipsis" —corrigió ella con tono burlón.

—Exacto. Cuatro idiotas y un ingeniero con ilusiones de juventud.

—Prométeme que no volverás a casa oliendo a fritura y derrota.

—No puedo prometer lo imposible.

Ella rió, cruzándose de brazos.

—Solo no llegues a las tres de la mañana otra vez.

—Eso fue una sola vez.

—Sí, y todavía hay testigos.

Le guiñé un ojo.

—Portaos bien con tus amigas. Y mantenme lejos de Lourdes, por el bien de la humanidad.

—Tranquilo, ella no es tu tipo.

—Tú tampoco lo eras, y mira cómo terminé.

Nicky negó con la cabeza, sonriendo.

—Eres imposible.

—Por eso te casaste conmigo.

Salí de la habitación con la cerveza en una mano y las llaves en la otra.

Antes de cerrar la puerta, escuché su voz desde el espejo:

—Y Jay…

—¿Sí?

—No te preocupes por Lourdes. Yo sé exactamente cómo manejarla.

Bajé las escaleras pensando que, si eso era cierto, el sábado con mis padres me iba a parecer un retiro espiritual.

Capítulo 5

Noche de los jinetes

Cica's Sport Bar estaba en su mejor versión de viernes: luces tenues, olor a cerveza fría y un murmullo colectivo que se movía como una ola entre las mesas.

En las pantallas, el logo de los Gigantes de San Francisco brillaba sobre el de los Orioles de Baltimore, todavía en la previa del juego.

Los camareros cruzaban el salón con la precisión de un ballet ruso: bandejas girando, vasos tintineando, pedidos que llegaban antes de ser pronunciados.

Era caos coreografiado… y, de algún modo, hermoso.

Vi la mesa reservada cerca del ventanal.

Mark ya estaba ahí, traje sin corbata, el celular al lado del vaso y esa sonrisa de tipo que vende pólizas pero compra problemas.

A su lado, Andrew, impecable como siempre, camisa blanca arremangada, sonrisa de dentista que no se apaga ni con anestesia.

Peter se encontraba en la barra, negociando con el bartender como si pidiera una fusión empresarial, y Chuck, claro… ni señales.

Si Chuck llegaba a tiempo, el mundo se salía de órbita.

—¡Mírenlo, el ingeniero milagroso! —gritó Mark al verme entrar—. ¡Jay Pierce en persona y antes del segundo inning!

Andrew levantó la mano, riendo.

—Guarden el momento, muchachos, esto no pasa desde el 2019.

Me acerqué entre el ruido, esquivando una camarera que parecía flotar más que caminar.

—¿Qué? ¿Ya empezaron sin mí? —dije, dejando mi chaqueta en el respaldo.

—Tranquilo —contestó Mark—, Peter está en misión diplomática con el bartender. Si vuelve con cuatro cervezas iguales, le hacemos una estatua.

Me senté. En el asiento de siempre. La esquina donde podía ver el televisor, la barra y la salida… en ese orden.

—Díganme que esta semana fue menos absurda para ustedes que para mí —solté, abriendo el tema como quien arroja una bengala.

Andrew fue el primero en hablar.

—Tres coronas, dos extracciones y un paciente que me pidió ponerle "brillos" en los dientes. Estoy reconsiderando mi carrera.

—No te quejes —dijo Mark—. A mí me cancelaron tres pólizas en el mismo día porque alguien en marketing decidió que "riesgo controlado" sonaba negativo.

—Hermano, tú vendes seguros —le dije—. Si no suena negativo, estás mintiendo.

Mark rió y chocó su vaso contra el mío.

—Brindo por eso.

Peter regresó justo a tiempo, con cuatro cervezas frías equilibradas como un acróbata.

—Misión cumplida —dijo, dejándolas sobre la mesa—. El bartender me odia, pero nos ama el alcohol.

—Ya era hora —respondí—. Pensé que te habías inscrito en el sindicato de camareros.

—Por poco —contestó Peter, alzando su vaso—. A la salud de las semanas que no matan, pero lo intentan.

—Salud —dijimos todos al unísono.

El primer trago fue el equivalente líquido a la redención.

La conversación se deslizó fácil: Mark quejándose de clientes que creen saber de finanzas por ver YouTube, Andrew contando cómo su asistente programó dos pacientes a la misma hora, y Peter relatando con detalle un juicio civil donde el demandante intentó representarse solo "porque había leído Legacy & Law – Canadá completa ".

—Yo digo que el próximo viernes deberíamos reunirnos en mi taller —interrumpió Chuck, que acababa de llegar—. Así les enseño lo que es estrés real.

—¡Mira quién apareció! —gritó Mark—. El mecánico de los ricos y el relojero de los Porsche.

Chuck alzó una caja de pizza como trofeo.

—El tráfico estaba asesino. Pero traje paz espiritual en forma de pepperoni.

—Eres un santo —dijo Andrew—. O un suicida, considerando el colesterol.

—Ambas cosas —respondió Chuck, tomando una silla—. Ahora, ¿qué me perdí?

—Nada, lo usual —le dije—. Quejas, terapia grupal y Mark tratando de justificar su comisión.

Mark alzó su vaso con orgullo.

—¡Hey! Mis comisiones financian la economía nacional.

Peter intervino:

—Sí, la tuya.

Las risas se mezclaron con el ruido del local y el sonido de los bates en la televisión. El partido estaba por comenzar, pero nosotros llevábamos el nuestro a mitad de temporada.

Entre historias y anécdotas, la mesa empezó a llenarse de vasos vacíos y carcajadas viejas.

Y en algún punto, entre el tercer trago y la cuarta historia, Mark me miró de reojo.

—Ok, Jay, tú no has dicho nada —dijo, apuntándome con el vaso—. ¿Qué demonios te pasó esta semana?

Andrew asintió.

—Sí, tú siempre traes el plato fuerte.

Chuck añadió, riendo:

—Exacto, el ingeniero estructural que siempre termina arreglando los edificios… y derrumbando algo más.

Sonreí.

Tomé un trago largo, dejando que la espuma me comprara unos segundos de tiempo.

—Digamos que tuve una semana… estructuralmente compleja.

—Eso suena a eufemismo de desastre —dijo Peter.

—Lo es —respondí, apoyando el vaso sobre la mesa—. Y tiene nombre y apellido: Rosemay… y Lourdes.

—Lo dicho —repetí, girando el vaso entre las manos—. Rosemay y Lourdes.

Solo pronunciar esos nombres hizo que Mark levantara las cejas como si acabara de escuchar "problema y secuela".

—A ver… —dijo Peter, apoyando los codos sobre la mesa—. Empieza por la del trabajo. Siempre son más peligrosas.

—Nada del otro mundo —contesté, aunque mi voz sonó menos convincente que un político en campaña—. Rosemay tiene un talento especial: logra que cada frase suene como una insinuación patrocinada por Chanel.

Andrew rió.

—La rubia del perfume caro.

—Esa misma —asentí—. Me pregunta si quiero almorzar y lo dice con el mismo tono con el que otros ofrecen luna de miel.

Chuck se inclinó hacia adelante.

—Y tú, por supuesto, respondiste con madurez y distancia profesional, ¿no?

—Claro —dije—. Contesté algo épico como "ensalada está bien".

Mark golpeó la mesa riendo.

—¡Eso! El hombre que dijo no con lechuga.

—No me malinterpreten —seguí—. Es una buena asistente. Eficiente. Solo que tiene el don de inclinarse sobre el escritorio justo cuando estoy intentando mantener la fe matrimonial.

Peter alzó su vaso.

—Y sobreviviste. Eso ya merece brindis.

Brindamos.

El partido arrancó, la multitud rugió, y yo seguí intentando no parecer el tipo que tiene un radar para el desastre.

—Ahora falta la otra —dijo Chuck—. La amiga de tu esposa. ¿Cómo es que se llama?

—Lourdes.

—Nombre de santa, comportamiento de reality show —murmuró Mark.

—Mira, no pasó nada —dije, levantando las manos —. Solo bajé por una cerveza… y ella estaba ahí. Con vino, escote y actitud de "agarro y me lo como completo".

Andrew casi se atraganta de la risa.

—¡Eso no se dice en voz alta, hombre!

—¿Y qué querías que hiciera? —protesté—. Mi cerebro entró en modo Windows 98: se congeló. Solo atiné a abrir el congelador y sacar la Samuel Adams.

Peter se secó las lágrimas de la risa.

—Esa imagen vale millones: el ingeniero del año refugiándose detrás de una Samuel Adams.

—Exacto —agregué—. Y mientras yo buscaba la salida, ella me lanza un "Nicky tiene suerte".

Mark silbó.

—Eso, amigo mío, es un misil con perfume.

—Lo sé. Y lo peor es que después subí al cuarto y Nicky me preguntó si había hablado con ella. Casi me da un infarto.

Andrew me miró con cara de compasión fingida.

—Hermano, tú no vives una vida normal. Vives una sitcom con presupuesto limitado.

Chuck levantó su cerveza.

—Brindo por eso: por el hombre que esquiva tentaciones con manual de ingeniería.

Todos chocaron vasos entre risas.

Yo sonreí, mirando el reflejo de las luces del bar en la espuma.

—No sé si fue suerte, reflejo o puro pánico —dije —, pero salí ileso.

Peter se encogió de hombros.

—No ileso, Jay. Solo en pausa. La vida te está probando el sistema antisísmico.

Los demás estallaron en carcajadas.

Yo también. Porque, al final, sabían que tenía razón.

Di un último trago y dejé el vaso sobre la mesa.

—Y eso, mis queridos Jinetes, es la historia de cómo sobreviví a una secretaria con complejo de femme fatale y a una amiga con maestría en tentaciones domésticas.

Me recliné en la silla, respirando hondo.

—Porque hay tentaciones que no se vencen… solo se esquivan con suerte.

La mesa quedó en silencio dos segundos, hasta que Mark alzó la voz:

—Y tú tienes el récord mundial en esquivar, hermano.

Las risas volvieron a llenar el bar mientras los Gigantes conectaban su primer hit.

Y por un momento, entre bromas, espuma y ruido, sentí que todo volvía a estar bajo control.

O al menos… lo suficiente hasta el próximo viernes.

Capítulo 6

Feliz cumpleaños

El sol se colaba entre las persianas, dibujando líneas doradas sobre mi piel. Aún estaba atrapado entre el sueño y los recuerdos borrosos del viernes en el Sport Bar: risas, luces de neón y el sabor a whisky mezclado con la fragancia cálida que todavía flotaba en el aire.

Escuché cómo se cerraba el grifo del baño y, segundos después, una nube de vapor escapó por la puerta.

Nicky apareció envuelta apenas en una toalla, el cabello húmedo cayendo sobre sus hombros, la piel brillante y esa sonrisa capaz de borrar cualquier propósito de descanso.

Apenas tuve tiempo de parpadear cuando se lanzó sobre la cama, riendo con esa picardía que conozco demasiado bien.

El colchón cedió, la toalla voló y por un instante el mundo se redujo a respiraciones, a caricias que se reconocían sin palabras.

Por unos minutos dejamos de ser dos cuerpos distintos: éramos un solo latido suspendido en el aire.

Cuando todo se calmó, Nicky quedó sobre mi pecho, trazando círculos en mi piel con la yema de los dedos.

—¿Sabes qué hora es? —murmuró.

—Demasiado temprano para sentirme tan bien —le dije, sonriendo.

Ella se incorporó, aún con la toalla caída a un lado, y me miró con una mezcla de dulzura y malicia.

—¿Qué vas a ponerte hoy?

—¿Hoy? —repetí, algo confundido—.

—Sí, genio. La fiesta de cumpleaños de tu papá. No me digas que se te olvidó.

Me llevé la mano a la frente, fingiendo dramatismo.

—No lo olvidé, solo... no estaba en mi lista de prioridades a las ocho de la mañana.

Nicky rodó los ojos.

—Tu mamá me escribió anoche. Dijo que fueras presentable porque va el Padre Thomas.

—¿El mismo Padre Thomas que bendijo el bar de Tito?

—El mismo. —Ella levantó una ceja—. Y por tu bien, amor, espero que no llegues oliendo a tequila y tentación.

Solté una carcajada, estirándome con pereza.

—Bueno, en ese caso, voy a necesitar un milagro y una ducha fría.

—Te acompaño —dijo Nicky, mordiéndose el labio, mientras el sonido del agua volvía a llenar el baño.

El reloj del garaje marcaba las 12:18 p.m. y el aroma a café recalentado todavía flotaba en el aire.

Estaba en el garaje, con el radio viejo sonando suave y el brillo del mediodía colándose entre las rendijas.

Tenía las manos manchadas de aceite y una sonrisa satisfecha: no había placer más simple que pulir mi Indian hasta que pareciera recién salida del concesionario.

Esa moto era mi santuario, un pequeño recordatorio de que todavía podía controlar algo en un mundo que cada día parecía moverse más rápido.

El celular vibró en la repisa de herramientas.

—¿Sí, amor? —contesté, sin levantar demasiado la voz.

—Jay, escucha —dijo Nicky, con ese tono entre apuro y dulzura—. Jenny va a pasar en un rato a dejarte un paquete.

—¿Jenny?

—Sí, la hermana de ella importa unas velas de ambientación preciosas, de Nébula Celeste, de P.R., y le compré unas para la casa. Dile que las deje en la mesa del recibidor, ¿ok?

—Hecho.

—Y no te me distraigas con la moto, ¿sí? Tenemos que estar en casa de tus padres antes de las cuatro. Tú mamá me escribió hace un rato, dice que van a preparar todo para el cumpleaños y que el Padre Thomas confirmó.

—Perfecto —respondí , revisando el nivel del aceite —. Si llegamos tarde, el milagro lo va a tener que hacer él.

Nicky rió al otro lado.

—Te quiero, mecánico de fines de semana.

—Y yo a ti, bruja de las velas.

La llamada se cortó entre risas.

Dejé el trapo sobre el banco y observé la moto un instante más, admirando cómo el cromo reflejaba la luz cálida del mediodía.

El aire tenía ese aroma particular de noviembre: mezcla de hojas secas, gasolina y algo en el ambiente que anunciaba que se acercaban días de familia, sobremesas… y, sin saberlo, de tentaciones inesperadas.

Cuando de pronto...

Apenas la escuché entre la música y el ruido de las herramientas. Cuando levanté la vista, vi una sombra moverse en el marco de la puerta de garaje.

—¿Hola? —dije, secándome las manos con el trapo.

Y entonces la vi.

Jenny, de pie frente a la puerta del garaje, con una caja en las manos y una expresión entre sorpresa y duda.

El sol se colaba justo por la rendija, y durante un segundo tuve la sensación de estar en la escena equivocada.

—Oh, hey, Jenny —alcancé a decir, sonriendo para romper el momento—. No te escuché llegar.

—Sí… tocaba el timbre, pero no contestabas —respondió, con una voz más suave de lo normal—. Llamé a Nicky y me dijo que pasara por la parte del garaje, que seguramente estarías aquí.

—Ahora veo —dijo ella, con una sonrisa ladeada—. Difícil escuchar el timbre cuando tienes a Bon Jovi en modo concierto privado.

Busqué mi camiseta sobre la mesa, pero estaba más lejos de lo que recordaba.

—Sí, bueno, estaba terminando algo rápido antes de ducharme.

Jenny dio un paso al frente, sujetando aún el paquete.

—No hace falta que te tapes, así se ve… perfectamente funcional.

Me reí, pero mi incomodidad era visible.

—Ajá… gracias, supongo. Eso viene de tu hermana, ¿no?

—Las velas, sí. Pero podría jurar que con este calor no hacen falta.

Intenté rodearla para tomar la camiseta, pero ella se me adelantó y la tomó primero.

—Tranquilo —dijo, sosteniéndola fuera de mi alcance—. Creo que así es mejor.

—Jenny…

—¿Sí, Jay?

—Mi esposa te mata si me ve así.

—Tu esposa no está —respondió, con ese tono entre broma y fuego, pero tranquila—, no pienso hacer nada indebido. Solo… llevarme esta imagen y entregarte el paquete.

Lo dejó en la mesa junto a la moto, rozándome el brazo al hacerlo. Di un paso atrás, sonriendo con nervios.

—Bueno, pues… entrega completada. Gracias.

Me miró unos segundos más, con una sonrisa que decía más de lo que las palabras podrían.

—De nada. Y dile a Nicky que las velas son para encender… cuando la noche se pone interesante.

Carraspeé.

—Sí, claro, tomaré nota.

Jenny caminó hacia la salida, lanzándome una última mirada antes de desaparecer tras el portón.

Exhalé, levanté la camiseta y me la puse de golpe, mirando la moto como si necesitara un testigo silencioso.

—Y tú no digas nada, ni una palabra.

El teléfono vibró: era Nicky.

"¿Jenny pasó ya?"

Miré el mensaje y escribí rápido:

"Sí. Y dejó… mucho más que un paquete."

El garaje volvió a quedarse en silencio, solo con el eco de la música y el aroma de las velas que empezaban a despertar algo en el aire.

Capítulo 7

El camino al infierno pavimentado con buenas intenciones

El agua caliente caía sobre mi espalda, arrastrando el cansancio del sábado. Habían pasado un par de horas desde aquella visita inesperada de Jenny, pero todavía me venía a la mente su sonrisa ladeada cada vez que cerraba los ojos.

A través del vapor escuché la puerta principal abrirse y el sonido familiar de las llaves sobre la mesa.

—¡Jay! —la voz de Nicky sonó desde el pasillo—. ¡Ya llegué!

Sonreí, cerrando el grifo. Tomé la toalla y salí del baño con el cabello aún goteando.

—Pensé que ibas a tardar más —dije, mientras me secaba el cuello.

—Me detuve a comprar el regalo de tu papá —respondió, entrando con una sonrisa cómplice—. Creo que le va a encantar.

—¿Qué le compraste?

—Un libro: Legacy & Law – Canadá. Dijo hace meses que no lo encontraba por ninguna parte, así que cuando lo vi, no lo pensé dos veces.

—¿Ese del abogado que pelea contra las farmacéuticas? —pregunté.

—Exacto. Ese mismo. Ya sabes cómo le fascina ese autor. Dice que escribe con carácter y sin miedo.

Asentí, buscando una camiseta limpia.

—Pues sí, le va a gustar. —Hice una pausa—. Oye… hablando de cosas raras, ¿recuerdas que Jenny pasó por aquí a dejar las velas?

—Sí, lo recuerdo, yo le dije que pasara —respondió, sin alarma—. Te lo comenté por teléfono que pasaría.

—Me encontró en el garaje, justo cuando estaba terminando la moto.

—Claro, le dije que fuera por ahí porque sabía que estarías trabajando con la moto. ¿Y? —preguntó, como quien pregunta por el clima.

—Nada, solo que se comportó… diferente.

Nicky sonrió con esa mezcla de ironía y confianza que usaba cuando no quería darle demasiada importancia a algo.

—Jay, es Jenny. Siempre ha sido así. No te preocupes, seguro fue una de sus travesuras.

—Sí, supongo… —dije, intentando sonar despreocupado.

Ella dejó el bolso sobre la cama y se acercó, dándome un beso rápido.

—Anda, vístete. Tu mamá me escribió esta mañana y me insistió en que fueras presentable. —Nicky arqueó una ceja—. Según ella, esta vez no quiere sorpresas.

—Entonces estamos hablando de un milagro —dije, buscando unos jeans.

Ella me miró divertida, con las manos en la cintura.

—Más te vale no llegar oliendo a gasolina ni con cara de resaca.

—Haré lo que pueda —respondí, levantando las manos en señal de rendición.

Nicky rió, giró hacia el baño y dijo antes de cerrar la puerta:

—Y apúrate, que si llegamos tarde, tu madre nos va a recitar el Antiguo Testamento completo.

El sonido del agua volvió a llenar la casa.

Me quedé un momento quieto, mirando por la ventana del cuarto.

Por un instante, mientras me vestía, no pude evitar pensar en Jenny y en cómo un simple cruce de miradas puede complicar un sábado que se suponía tranquilo… justo antes del verdadero caos: la fiesta en casa de mis padres.

El sol se colaba por el parabrisas mientras avanzábamos por la carretera rumbo a la casa de mis padres.

Nicky tenía una mano en el volante y la otra jugueteando con su cabello, tarareando una canción de los ochenta que sonaba bajito en la radio.

Yo, en cambio, iba con la mirada perdida entre los árboles que pasaban.

—No puedo creer que tu mamá haya invitado al Padre Thomas otra vez —dijo, sin apartar la vista del camino—. La última vez terminó bendiciendo hasta la ensalada.

Sonreí apenas.

—Y mi viejo jurando que el whisky era “agua bendita”.

Ella rió, y por unos segundos todo pareció tranquilo. Pero la calma no me duró mucho.

Respiré hondo y hablé antes de arrepentirme.

—Oye, Nicky… tengo que decirte algo.

—¿Tan serio suena eso? —preguntó, girando un poco la cabeza.

—No sé si serio, pero… incómodo, sí.

Ella bajó el volumen de la radio.

—A ver, suéltalo.

—Es sobre tus amigas —dije, eligiendo las palabras como si fueran de vidrio—. Primero lo de Lourdes aquella noche en la cocina… y ahora lo de Jenny hoy. No sé si es mi imaginación, pero empiezo a sentirme raro con todo eso.

Nicky arqueó una ceja, pero mantuvo la calma.

—¿Raro cómo?

—Como si no supiera cuándo una conversación normal se convierte en algo más. Lourdes bajó la guardia —o subió el voltaje, no sé— y Jenny hoy… bueno, digamos que no fue precisamente una entrega de Amazon.

Nicky soltó una risa leve.

—Ay, Jay, por favor. Lourdes estaba un poco pasada de copas esa noche, y Jenny es así: juguetona, bromista. Te tengo confianza, no hay razón para ponerle drama a eso.

—No se trata de confianza —respondí, mirando por la ventana—. Es que me ponen nervioso, ¿sabes? Son tus amigas, y se ven… bien. Muy bien. Cualquier hombre perdería la concentración.

Nicky sonrió de lado, sin quitar los ojos del camino.

—Pues por suerte no eres "cualquier hombre", ¿verdad?

—No, pero tampoco soy de piedra.

Ella soltó una risa pequeña, como si lo encontrara tierno.

—Amor, te preocupas demasiado. No te van a devorar. Además, si lo hicieran, seguro piden permiso primero.

Me reí por compromiso, pero algo dentro no se relajó.

El resto del trayecto se llenó de silencio y canciones que no escuché.

No sé cuánto más voy a poder seguir así.
No busco problemas, pero ellos parecen venir con nombre y perfume.
Lourdes, Jenny… las dos hermosas, seguras, desinhibidas.
Y yo, fingiendo que no pasa nada, que soy inmune.
Cualquier hombre mataría por una mirada como la de ellas… y yo estoy aquí, respirando hondo y rezando que nadie se dé cuenta.

No sé si soy fiel, fuerte o solo un idiota jugando con fuego.

Nicky giró hacia mí, rompiendo mis pensamientos.

—¿En qué piensas?

—En lo mucho que voy a necesitar una cerveza cuando lleguemos —dije, intentando disimular.

Ella sonrió, sin imaginar el peso detrás de mi broma.

El vecindario de mis padres apareció a lo lejos, con las luces del porche ya encendidas y el sonido del viento entre los árboles.

El cumpleaños apenas comenzaba… y mi cabeza ya era un campo de batalla.

Capítulo 8

El evangelio según mi mamá

Nos estacionamos frente a la casa y ya desde el carro podía oler el perfume a "caos doméstico con toque de ajo y drama".

La puerta principal estaba entreabierta, y antes de que tocáramos, se escuchó la voz de mi padre desde adentro:

—¡Ya era hora, muchacho! Si llegabas diez minutos más tarde, tu madre iba a pedir una misa por tu alma.

Bruce Pierce apareció en el umbral con una sonrisa cansada y un vaso de whisky que seguramente no era el primero del día.

Llevaba su camisa favorita, esa que Nicky llama "la reliquia del 2004", y el mismo aire relajado de quien ha aprendido a sobrevivir a la guerra con una mujer armada con cucharones.

—Hola, viejo —le dije, abrazándolo.

—Hijo —respondió con tono de veterano—, prepárate. Tu madre está… ¿cómo decirlo sin que me caiga un rayo? Poseída por el espíritu de Martha Stewart y el demonio del control.

Nicky se rió.

—¿Tanto así?

—Peor. Desde las siete de la mañana está "decorando" el comedor. Si un pétalo de rosa no le hace caso, lo excomulga.

Entramos. El olor a comida era un abrazo y una amenaza al mismo tiempo.

En el comedor ya estaban Adam y su esposa Miriam, los santos del matrimonio perfecto, sentados como portada de catálogo.

—¡Mira quién llegó! —dijo Adam, levantándose como si acabara de salir de un comercial de pasta dental—. Pensé que se te había quedado la brújula.

—No, solo el deseo de venir —respondí, con una sonrisa diplomática.

Miriam se levantó, abrazó a Nicky y luego a mí con ese cariño que se mide en micrones.

—Nos moríamos de ganas de verte, Jay. —Traducción: No podíamos evitarlo.

—¿Y los niños? —preguntó Nicky, genuinamente amable.

—Con mis padres —respondió Miriam, inflando el pecho—, tienen un fin de semana de naturaleza y aprendizaje.

—Ah, claro —dije—. Lo de siempre: tú te quedas en la casa de mamá, y ellos aprenden a sobrevivir sin ti.

Adam me lanzó esa mirada de hermano menor que dice "compórtate".

Yo le devolví otra que decía "oblígame".

Y entonces ocurrió: Ana Pierce salió de la cocina.

Delantal floral, cuchara de madera en una mano y el aura de una general en víspera de batalla.

—¡Mira quién decidió honrarme con su presencia! —dijo, sonriendo como los políticos antes de prometer algo imposible.

—Hola, mamá —respondí, intentando parecer inofensivo.

—Pensé que te habías mudado a otro país.

—Casi, pero el pasaporte se me venció.

Nicky me pellizcó el brazo en señal de advertencia.

Mi padre tosió para disimular una carcajada.

—¿Y te bañaste, por fin? —preguntó mi madre, inspeccionándome de pies a cabeza.

—Sí, mamá. Y hasta usé champú.

—Milagro de Dios —murmuró ella, regresando a la cocina—. Anótenlo en la Biblia.

Adam intentó ser el pacificador.

—Mamá ha estado algo estresada, Jay. No le hagas caso.

—¿Estrés? —dije—. No, si apenas parece lista para exorcizar el horno.

Mi padre se rió abiertamente esta vez, y Nicky lo miró como diciendo "no lo ayudes".

Miriam intervino con su tono zen.

—Tu madre solo quiere que todo salga bien.

—Claro —respondí—. Nada dice "celebración familiar" como una amenaza pasiva-agresiva con cuchara de madera.

Adam me dio una patada por debajo de la mesa.

—¿Qué fue eso? —pregunté.

—Un recordatorio fraternal.

—De que todavía no te han beatificado, supongo.

Nicky se inclinó hacia mí y susurró:

—Te juro que a veces pienso que tu familia es un episodio de The Office con rosarios.

—¿Solo a veces? —le respondí sin mover los labios.

Ana reapareció con una bandeja de empanadillas.

—Espero que tengas hambre, Jay.

—Siempre, mamá.

—Perfecto, así no pierdo tiempo guardando sobras.

El silencio duró medio segundo antes de que mi padre soltara:

—Hijo, te dije que no vinieras sin armadura.

La casa entera olía a comida, perfume y sarcasmo.

Yo solo podía pensar que, si el cielo era así de ruidoso, prefería seguir en el infierno pavimentado con mis buenas intenciones.

El timbre sonó justo cuando Ana anunciaba que el almuerzo estaba servido.

Bruce soltó un suspiro que parecía venir del alma.

—Y ahora, hijos míos, prepárense… porque llegó *ÉL*.

La puerta se abrió y, como si lo empujara el mismísimo Espíritu Santo, apareció el Padre Thomas.

Con su sotana perfectamente planchada, un reloj que gritaba "votos de pobreza, mis polainas" y esa sonrisa beatífica de quien cree que tiene línea directa con la gerencia celestial.

—¡Querida familia Pierce! —exclamó extendiendo los brazos—. ¡Qué bendición verlos reunidos en este día tan especial!

Yo solo pensé: *perfecto, justo cuando creí que nada podía ponerse peor, olvidé que el último clavo del ataúd llevaba sotana.*

Mi madre casi levita de la emoción.

—Padre Thomas, ¡qué honor tenerlo aquí! Pase, pase, siéntese, por favor. ¿Quiere vino, jugo, agua bendita?

—Solo un poco de vino, hija mía, para acompañar el pan. —Y sonrió como si acabara de inventar la Última Cena versión casera.

Nicky me dio un codazo.

—Compórtate —susurró.

Yo asentí, aunque por dentro estaba redactando mi renuncia espiritual.

> El único ser humano que logra viajar gratis a Tierra Santa cada año y aun así hacer sentir a todos que se están quedando cortos en fe.
> El maestro del "ustedes paguen, y yo los bendigo".
> Y lo peor… es que la gente le compra los tiquetes con sonrisa y rosario en mano.

El Padre Thomas dejó su sombrero en el perchero, miró alrededor y dijo con voz solemne:

—Qué hermoso hogar, Ana. Se respira paz.

Bruce tosió para disimular una carcajada.

—Eso, padre, es el ajo. Paz no queda desde las ocho de la mañana.

Ana lo fulminó con la mirada.

—Bruce, por favor, el Padre Thomas...

—No se preocupe, hija mía —dijo él, dándole una palmada paternal—. La paciencia es una virtud.

—Sí, padre —respondí—. Y la ironía, un don.

El silencio cayó por tres segundos exactos.

Nicky me apretó el muslo debajo de la mesa, lo que equivalía a una confesión anticipada.

El Padre Thomas se sentó frente a mí, sonriendo como quien va a dar un sermón sorpresa.

—¿Y cómo va todo en tu trabajo, hijo?

“Hijo”.

La palabra me cayó como estampita en la frente.

—Excelente, padre. Ya no vendo indulgencias, pero sigo trabajando con la culpa ajena.

—¿A qué te refieres? —preguntó curioso.

—Soy ingeniero estructural —dije—. Me pagan por asegurarme de que todo se sostenga… aunque nadie quiera mirar las grietas.

Nicky se atragantó con el vino.

Bruce dejó caer la servilleta.

Y mi madre… hizo la señal de la cruz como si acabara de presenciar la segunda caída de Lucifer.

El Padre Thomas rió, esa risa suave que usan los santos para no perder feligreses.

—Ah, siempre con tu sentido del humor, Jay.

—Es lo único que me mantiene en el purgatorio, padre.

Ana suspiró.

—Si me disculpan, voy a revisar el horno antes de que algo más arda.

La casa entera estalló en risas contenidas.

Yo levanté la copa y brindé en voz baja:

—Por los milagros gratis y los boletos pagados.

Bruce me guiñó un ojo.

—Amén, hijo, amén.

Capítulo 9

El último almuerzo

El almuerzo fue un éxito… al menos para el estómago. Para el alma, en cambio, fue un campo minado cubierto de empanadillas y vino barato.

Bruce, mi padre, ya estaba en ese punto entre la sabiduría y el desahogo alcohólico donde uno cree que puede dictar mandamientos nuevos.

—¿Sabes, hijo? —me dijo con solemnidad—. En la vida, uno necesita tres cosas: amor, fe y un buen seguro para el hígado.

—Y tú, por lo visto, vas al día con las tres —le respondí.

Nicky me dio una patada discreta bajo la mesa.

El Padre Thomas fingía no escuchar, concentrado en su plato de pechuga rellena y vegetales como si fuera una visión mariana.

Ana repartía servilletas como si con eso pudiera limpiar también los malos pensamientos.

—Bruce, por favor, no empieces —dijo con tono pastoral.

—No empiezo, mujer, continúo.

Adam, el hermano modelo, intervino.

—Papá solo quiere reflexionar. Es su cumpleaños, déjenlo filosofar un poco.

—Claro —dije—. Solo que en su caso la filosofía viene a 40 grados prueba.

Bruce levantó la copa.

—A tu salud, hijo. Y a la mía, que todavía me levanto sin necesitar grúa.

Todos rieron, menos mi madre, que seguía mirando el mantel como si planeara enterrar ahí su paciencia.

Miriam, la esposa de Adam, tomó la palabra con su sonrisa de influencer espiritual.

—Yo creo que lo más importante es mantener la energía positiva.

—¿Positiva? —pregunté—. Si esta mesa fuera una batería, ya habríamos explotado.

Adam me miró con ese gesto de “no arruines la postal familiar”.

Yo levanté mi copa.

—Tranquilo, hermano. Si esto fuera una postal, el título sería “Familia Pierce: edición limitada, no reembolsable”.

Nicky soltó una carcajada que intentó disimular con un trago.

El Padre Thomas carraspeó, buscando recuperar el control espiritual del evento.

—Hijos míos, recordemos que estamos celebrando la vida.

—Y algunos la están exprimiendo gota a gota —murmuré.

Nicky me dio otro codazo, esta vez sin disimulo.

Mi padre se inclinó hacia el sacerdote, serio.

—Padre, ¿usted cree que en el cielo sirven whisky?

—En el cielo hay gozo eterno, Bruce.

—¿Pero con hielo? —replicó.

La mesa estalló en risas.

Mi madre levantó las manos al cielo.

—Señor, llévame, pero no ahora que el postre se está enfriando.

Nicky me miró entre divertida y resignada.

—¿Te das cuenta de que tus padres son literalmente un sketch de comedia?

—Sí, y lo peor es que tienen secuelas.

Adam frunció el ceño.

—¿Te refieres a nosotros?

—Exacto. Tú eres el spin-off con presupuesto.

El Padre Thomas intentó suavizar la tensión con voz pastoral.

—La familia es un reflejo de Dios, cada uno con su propósito divino.

—En este caso —dije—, parece que Dios tiene un sentido del humor bastante retorcido.

Bruce levantó su copa otra vez.

—¡Por eso brindamos, hijo! Porque si Dios nos hizo a su imagen, entonces también le gusta el whisky.

El Padre Thomas se persignó.

Ana lo miró, derrotada.

—Padre, ¿podría bendecir el postre antes de que alguien arda en vida?

—Con gusto, hija mía.

Todos bajamos la cabeza.

Yo también… pero solo para que no se notara que me estaba riendo.

El Padre Thomas entonó su bendición solemne, mientras Bruce, sin que nadie lo notara, levantaba la copa en sincronía.

—Por el cuerpo y la sangre —susurró—, pero sobre todo por el whisky.

Nicky me pisó el pie para contenerme.

No funcionó.

La risa me explotó en el pecho.

Y fue en ese momento, viendo a mi familia reunida —mi madre orando, mi padre brindando, mi hermano posando, y el cura bendiciendo lo que quedaba del vino— que entendí algo:

No importa cuán lejos corra uno del caos familiar…

siempre hay una silla guardada para ti en el infierno del comedor.

Después de cantar el cumpleaños a mi padre —y casi incendiar la casa en el proceso—, sentí que habíamos sobrevivido a una especie de prueba bíblica disfrazada de celebración.

Todo empezó cuando Miriam, mi cuñada modelo de revista, decidió que un hombre de setenta años merecía una vela por cada año de vida.

Lo que nadie previó fue que Bruce Pierce, con su entusiasmo y su whisky en mano, soplaría las setenta velas como si intentara apagar un volcán activo.

Las llamas no cedían.

El pastel parecía un ritual vikingo.

Adam buscaba desesperado un extintor.

Mi madre gritaba "¡no en la alfombra, no en la alfombra!"

Y el Padre Thomas… bendecía el humo.

Al final, el milagro ocurrió: una servilleta húmeda y una maldición en latín lograron salvar el postre.

Cuando por fin salimos de esa casa, Nicky y yo teníamos olor a azúcar quemada y a redención familiar.

—Bueno —dijo ella riendo mientras subíamos al carro—, otro cumpleaños más… y sobrevivimos sin excomunión.

—Por poco —contesté, encendiendo el motor—. Si mi padre soplaba dos veces más, el Vaticano iba a declarar zona de desastre.

La autopista hacia Pacifica estaba casi vacía, y el cielo se teñía de ese azul oscuro que solo existe después de un largo día.

Nicky apoyó la cabeza en el asiento, exhalando.

—Tu familia es única, Jay.

—Eso es lo que dicen de los accidentes de tren también.

Ella soltó una carcajada, bajó la ventana y dejó entrar el aire fresco.

—No, en serio. ¿Cómo sobrevives a eso cada año?

—Entrenamiento militar, vino y sarcasmo. No necesariamente en ese orden.

—Tu mamá es adorable, pero tiene el control remoto del universo.

—Y lo peor es que no usa "mute".

Ambos nos reímos.

La carretera se alargaba frente a nosotros, y por primera vez en todo el día, el silencio se sintió amable.

Llegamos a casa cerca de las 8:00 p.m.

Pacifica nos recibió con su brisa fría y ese olor a mar que parece borrar los gritos ajenos.

Entramos sin decir mucho, directos a la cocina.

Nicky tomó dos botella del pequeño bar que tenemos junto al ventanal y la sostuvo entre las manos. Con la naturalidad de quien ha hecho eso más veces que plegarias.

—¿Cabernet o Merlot? —preguntó.

—El que venga sin sermón incluido.

Ella sonrió, giró el sacacorchos y abrió la botella.

Sirvió las copas y se sentó frente a mí, mientras el viento jugaba con su cabello.

El sonido de las olas reemplazaba el ruido de mi familia como un bálsamo divino.

—¿Sabes qué es lo peor? —dijo Nicky, girando el vino en la copa—. Que tu papá me cae bien.

—Sí, hasta que te intenta convencer de que el whisky cura el estrés.

—No lo niego, parece convencido.

—Convencido y patrocinado, —dije.

Ella sonrió.

—Eres igualito a él cuando te ríes así.

—Por favor, no blasfemes.

—Te lo digo en serio, Jay. Tienen el mismo sentido del humor… y la misma capacidad para meterse en problemas sin querer.

—Bueno, al menos no heredé su bigote.

Brindamos.

El vino sabía a tregua.

Por un momento, no éramos marido y mujer saliendo de un campo de batalla familiar; éramos solo dos sobrevivientes riéndose de lo absurdo de la vida.

—¿Sabes? —dije—. A veces pienso que mi familia debería tener un aviso en la entrada.

—¿Del tipo "Bienvenidos"? —preguntó Nicky.

—No, del tipo “Ingrese bajo su propio riesgo”.

Nicky soltó una carcajada que se perdió entre el viento.

—Y tú pondrías eso en una placa de bronce, ¿verdad?

—Claro. Justo debajo del crucifijo, para mantener el equilibrio espiritual.

Ella rió tanto que casi derrama el vino.

—Eres imposible.

—Y aún así te casaste conmigo.

Nicky se levantó, apoyándose en la baranda de la terraza, mirando el mar.

—La próxima vez que vayamos a casa de tus padres, llevo mi propio extintor.

—Perfecto —respondí—, pero asegúrate de que sea bendito… uno nunca sabe cuándo el Padre Thomas va a prender otra vela.

Capítulo 10

El Diablo también usa minifalda

El domingo amaneció con cara de resaca y olor a café recién hecho. El sol entraba por la ventana como si quisiera comprobar si la casa seguía en pie después del "Apocalipsis Pierce" del sábado.

Yo estaba apoyado en la encimera, despeinado, en camiseta y con la taza a medio llenar.

Nicky, enfrente, aún llevaba esa bata de satén que parecía tener cláusula de uso opcional.

Desayunábamos pan tostado, huevos y culpa… aunque esta última venía de los recuerdos de la noche anterior.

—¿Sabes qué es lo peor? —dije, rompiendo el silencio—. Que mi viejo casi incendia la casa intentando apagar las velas.

—No exageres —respondió Nicky, untando mantequilla al pan—. Solo se chamuscó una servilleta.

—Una servilleta, el mantel y posiblemente las cejas del Padre Thomas.

Nicky se rio, dándole un sorbo al café.

—Adam casi usa un extintor.

—Claro, porque Miriam puso tantas velas que parecía una misa por los caídos.

—O una sesión de espiritismo. —dijo Nicky con media sonrisa.

—Exacto. Si Bruce pedía un deseo más, se le aparecía San Judas con el contrato del seguro.

Nicky escupió el café de la risa.

—Eres un idiota.

—Pero te ríes, así que es culpa compartida.

El celular vibró sobre la mesa.

Nicky lo miró y arqueó una ceja.

—Ava.

—¿La Ava millonaria?

—La misma. Dice que su hermano olvidó avisarnos algo.

—¿Qué cosa? ¿Que compró otro yate o que se le perdió la conciencia fiscal?

—Dice que está haciendo una parrillada y que nos espera hoy.

—¿Hoy? —pregunté, mirando el reloj—. Es domingo, amor. El día del descanso… y de evitar a gente con más dinero que modestia.

—Vamos, Jay. No seas asocial.

—No soy asocial, soy alérgico al exceso de éxito ajeno.

—Ava es mi amiga.

—Tu amiga factura más que el PIB de Guam. Tiene una piscina climatizada para el perro y una nevera que probablemente habla inglés británico.

—¿Y?

—¿Y? Cada vez que voy a su casa me siento como si tuviera que presentar una declaración jurada antes de usar el baño.

Nicky rodó los ojos.

—Solo es una parrillada.

—Sí… eso dicen siempre antes del desastre.

Ella sonrió con malicia.

—Anda, ponte algo decente. No quiero que digan que llevé a mi esposo en modo construcción.

—Perfecto. ¿Camisa o armadura?

El trayecto hacia la casa de Ava fue como un podcast de sarcasmo y resignación.

Nicky manejaba con esa calma zen que da el poder de saber que uno tiene la razón.

Yo, en cambio, iba viendo por la ventana como los barrios iban subiendo de categoría por metro cuadrado.

—¿Ya te dije que Ava tiene una parrilla que vale más que mi primera moto? —dije.

—Sí. Lo dijiste la última vez, y la anterior.

—Solo quiero entender por qué alguien necesita una parrilla con Wi-Fi.

—Porque puede.

—Exacto. Cuando puedes, ya no preguntas para qué.

—Jay, prométeme que vas a comportarte.

—Claro, amor. Me portaré como un caballero.

—Lo dices con ese tono que me preocupa.

—No, lo digo con ese tono que evita demandas.

Ella suspiró, mirando al frente.

—¿Sabes qué? Ava me cae bien.

—A mí también… hasta que empieza a hablar de "inversiones estratégicas" mientras sirve vino que cuesta lo que mi carro.

—Es una mujer exitosa.

—Lo sé. Por eso mismo me intimida. Es como si Martha Stewart y la editora más temida de la moda mundial hubieran abierto una firma de abogados juntas.

—Deja el drama.

—¿Drama? Si Ava me pregunta otra vez si estoy diversificando mis activos, voy a responderle que sí: tengo una cuenta, una deuda y un trauma.

Nicky rió, sacudiendo la cabeza.

—Solo prométeme que no vas a mirar raro a sus amigas.

—Depende. Si alguna se aparece en bikini, no prometo mantener contacto visual con los ojos.

—Jay…

—Tranquila. Solo miraré con respeto. Respeto visual, se entiende.

—Eres imposible.

—No, soy preventivo. Ya aprendí que las amigas de mis amigas no vienen con manual de usuario.

La casa de Ava se veía desde tres calles antes.

Era de esas propiedades que no se encuentran, sino que te encuentran a ti.

Puerta de hierro forjado, jardín simétrico y un letrero de bienvenida que parecía patrocinado por Cartier.

Aparqué frente a la entrada y me giré hacia Nicky.

—¿Sabes qué pienso?

—¿Qué?

—Que aquí las reglas son otras.

—No seas exagerado.

—¿Exagerado? Esa casa tiene más cámaras que la NASA. Si estornudo, me manda una factura de limpieza.

Nicky me dio una palmada en la pierna.

—Vamos, comportémonos.

—Prometido. Pero si me ofrecen vino del 2005, no pienso fingir que entiendo lo que significa.

Bajamos del auto, y el sonido del jazz caro y las risas perfectas nos golpeó al mismo tiempo que la brisa.

Desde la terraza se escuchaba la voz de Ava, elegante, segura, envolvente.

Y cuando la vi aparecer, con un vestido blanco ajustado y esa sonrisa que podría reactivar la bolsa de valores, solo pensé:

El diablo no siempre lleva cuernos; a veces solo sabe quién eres.

Capítulo 11

En las puertas del infierno

Ava apareció en la puerta con la seguridad de quien sabe que el sol se levanta por contrato. Vestido blanco corto, tacones que desafiaban la física y unas gafas que gritaban "los pobres brillan por el sudor, yo por el oro".

Al verla, entendí por qué Nicky la llamaba "su amiga intensa" y yo "la tentación con LLC".

—¡Nicky, amor mío! —exclamó Ava, abriendo los brazos como si acabara de regresar de Cannes—. ¡Y tú, Jay! Siempre tan… estructural.

—Bueno, intento mantenerme de pie —respondí, con una sonrisa diplomática.

—Eso se nota. —Su mirada bajó medio centímetro más de lo que la moral recomienda—. Debes tener buenos cimientos.

Nicky me apretó el brazo como quien le avisa a un perro que no ladre en misa.

Yo asentí, intentando recordar los diez mandamientos. O al menos el que hablaba de "no codiciarás lo que te puede costar el matrimonio".

—Pasen, pasen —dijo Ava—. Tenemos vino, carne y drama, en ese orden.

La terraza era un catálogo de vida aspiracional: parrilla de acero inoxidable, piscina infinita, gente riendo con copas de vino que parecían editadas en Photoshop.

Había música suave, risas sincronizadas y un aroma a carne que casi justificaba la invitación.

—¿Te sirvo algo, Jay? —preguntó Ava, acercándose con una copa de tinto.

—Depende, ¿eso viene con indulgencias incluidas?

Ella soltó una carcajada baja, casi peligrosa.

—Oh, querido, aquí el único pecado es no disfrutar.

Nicky interrumpió, con esa sonrisa suya que dice "esto sigue siendo territorio mío".

—Jay prefiere la cerveza.

—Qué lástima. —Ava giró la copa entre los dedos —. El vino siempre dice más sobre una persona que cualquier biografía.

Yo carraspeé.

—El mío diría "advertencia: inflamable".

Ava se inclinó, lo suficiente para que el sol hiciera un espectáculo de iluminación innecesario.

—Entonces te serviremos con cuidado. No quiero incendios… todavía.

Nicky tomó aire.

—¿Dónde está tu hermano? —preguntó, intentando reconducir la conversación hacia territorio neutral.

—En la parrilla, arruinando la carne y creyéndose chef —respondió Ava con un movimiento de muñeca—. Pero no importa, todos necesitamos hombres que crean que controlan algo.

—Yo controlo mi auto, cuando me dejan —dije.

—Y a veces tu lengua —agregó Nicky.

—Eso fue una sola vez.

—Tres —corrigió ella, riendo.

Ava observó la escena con ese brillo curioso que tienen los depredadores antes de saltar.

—Ustedes son adorables —dijo, apoyando la copa en la mesa—. Tienen esa química de pareja que todavía se desea, pero ya se lee la mente.

—Y los extractos bancarios —añadí.

—Me gusta eso —respondió Ava—. Honestidad con sabor a sarcasmo.

La parrilla chispeaba al fondo mientras su hermano giraba la carne como si estuviera firmando un acuerdo de paz.

Había música de fondo —bossa nova, porque nada dice lujo como un ritmo que nadie entiende— y un grupo de invitados en modo revista.

Yo me senté junto a Nicky, con un plato de carne, ensalada y ansiedad social.

—Esto está delicioso —dijo Nicky.

—Claro, con este presupuesto hasta el carbón debe ser importado de Suiza —respondí.

—Deja el sarcasmo, Jay.

—No puedo, es mi lenguaje natal.

Ava se acercó de nuevo, esta vez con una bandeja de brochetas que parecían esculturas.

—Jay, ¿quieres probar una?

—Depende —dije—, ¿cuántas calorías y cuántas segundas intenciones tienen?

—Solo las necesarias para sentirte culpable —contestó ella con media sonrisa.

Nicky me lanzó una mirada afilada como bisturí.

—Jay, cariño, recuerda que estamos en horario social, no en comedia stand-up.

—Lo intento, pero la tentación viene con perfume caro —le susurré.

Ava se rió, completamente al tanto.

—¿Saben qué me encanta de ustedes? —dijo, tomando otra copa—. Que todavía coquetean. Eso se ha perdido.

—Oh, no —dije—. Solo entrenamos por si el matrimonio entra en tiempo extra.

—Brillante —dijo ella, riendo—. Jay, deberías venir más seguido. Alegras la casa.

—Y arruino matrimonios —añadí.

—Tranquilo —susurró Ava—, el mío ya viene dañado de fábrica.

Silencio incómodo.

Nicky sonrió, con la elegancia de quien mantiene la compostura al borde del apocalipsis.

—Bueno, por eso existen los divorcios express —dijo Nicky, levantando la copa.

Ava la imitó.

—Por los divorcios, las parrilladas… y los hombres que aún saben encender fuego sin tutorial de YouTube.

Brindamos.

Yo, en ese punto, ya no sabía si reír, rezar o vender mi alma al mejor postor.

Cuando finalmente salimos de allí, el sol ya se escondía tras las colinas, y mi dignidad con él.

En el auto, Nicky iba callada, pero con esa calma peligrosa que antecede a una tormenta doméstica.

Yo rompí el silencio:

—Bueno… mi salchicha sobrevivió.

—¿Perdón? —preguntó sin mirarme.

—La parrillada, amor. Digo, después de tanto coqueteo gourmet pensé que iba a terminar en Offer-Up.

Ella se echó a reír, al fin.

—Eres un desastre, Jay.

—Sí, pero un desastre con buena ventilación.

El auto se llenó de risas.

Por fin, la tensión se disolvió entre el sarcasmo y el sonido del motor.

Y mientras el sol caía sobre la autopista, pensé que había miradas de las que uno sale ileso… pero no intacto.

Capítulo 12

De vuelta al paraíso

Llegamos justo cuando el cielo empezaba a perder color. Eran alrededor de las siete, y el auto olía todavía al perfume caro de Ava, como si la visita se hubiera quedado pegada en el aire.

Durante todo el camino, ni una sola frase. Solo su respiración —esa que mezcla enojo, deseo y algo que no se nombra—. Hasta que por un comentario mío todo estalló en risas. Fue el único asomo de una posible paz.

La puerta del garaje se abrió, entramos con el auto, Nicky apagó el motor sin decir palabra, y antes de que pudiera bajarme, ella ya había cerrado el espacio entre los dos, con una decisión que no admitía preguntas.

—Nicky… la puer... —alcancé a decir.

Demasiado tarde.

Me empujó contra el asiento con la fuerza de quien no busca explicaciones, solo respuestas. Su mirada era fuego contenido; la misma que usa cuando está a punto de ganar una discusión. Solo que esta vez la discusión era otra.

No entendía qué había encendido esa chispa. Quizás la noche, el vino, o el recuerdo de su amiga mirándome más de la cuenta. Pero mientras intentaba descifrarlo, ya no había lógica posible.

El mundo se volvió un susurro de piel reconociéndose. Por un instante pensé que aquello no era deseo, sino una forma extraña de marcar territorio.

Y sin embargo, allí estábamos: dos adultos intentando apagar con fuego lo que no se dice con palabras.

Cuando todo se calmó, ella quedó sobre mí, aún con esa mirada de quien no sabe si ganó o perdió algo.

—Te amo —murmuró.

—Lo sé —respondí, todavía buscando aire—. Pero recuerda cerrar la puerta del garaje la próxima vez.

Sonrió apenas, apoyando la cabeza en mi hombro.

Y así, entre el zumbido del motor y la puerta medio abierta, entendí que hay guerras que no se pelean con gritos… sino con silencios que respiran.

La mañana siguiente llegó como si nada hubiera pasado. Café, corbata, tráfico y correos. Pero el aire olía distinto.

No sabría decir si era amor, culpa o el aroma de las velas que Jenny había dejado en el garaje.

Solo sé que, por primera vez en semanas, Nicky tarareó una canción mientras se maquillaba.

Y yo, en silencio, agradecí que la tentación —al menos por ahora— durmiera en casa.

Lunes en la tarde en la oficina el reloj marcaba casi las cinco y el edificio se sentía vacío, con ese silencio artificial de los lunes que agonizan.

Yo revisaba unas carpetas en el archivo, ese pasillo angosto donde las paredes parecen respirar más que la gente. El tipo de lugar que hace que uno piense demasiado.

Estaba concentrado, o fingiendo estarlo, cuando escuché los pasos de Rosemay acercándose. Tacones precisos, aroma caro, y esa manera de moverse que anuncia problemas antes de que aparezcan.

—¿Todavía aquí, jefe? —dijo desde la esquina, con esa voz que mezcla simpatía y desafío.

—Solo cierro pendientes —respondí sin levantar la vista.

El pasillo era tan estrecho que, para pasar, tuvo que acercarse más de lo razonable.

El aire cambió. Esa distancia de oficina dejó de existir, y por un segundo, todo se redujo al sonido del papel y mi propio pulso.

—Perdón —dijo en un tono que no sonaba a disculpa—, parece que este pasillo no está hecho para dos.

No contesté. No podía.

Mi cerebro analizaba el plano moral de la situación con la misma precisión que un cálculo estructural, pero el resto de mí no estaba en modo ingeniería.

Quise dar un paso atrás, pero no había espacio.

Quise hacer un chiste, pero la voz no salió.

Solo pensé en lo fácil que era cruzar una línea cuando nadie mira.

Y en lo rápido que el silencio puede volverse cómplice.

Ella sonrió.

—Nos vemos mañana, señor Pierce.

La puerta se cerró detrás de ella, y el aire volvió a moverse.

Apoyé la mano en la estantería y respiré hondo.

En mi cabeza, una frase repetida como eco:

A veces la tentación no entra… solo pasa muy, muy cerca.

La semana transcurrió con la normalidad engañosa de quien finge tener el control.

Evité el archivo como si cobrara vida propia, y Rosemay pareció entender el mensaje: los pasillos estrechos no son buenos para la productividad… ni para el pulso.

Entre planos, cafés fríos y correos que nadie contesta, los días se deshicieron sin drama.

Hasta que llegó el viernes.

Y con él, la inevitable invitación celestial: la cena por los cincuenta años de matrimonio de los Walters.

Sí, mis suegros.

Cincuenta años juntos. Medio siglo de amor, paciencia y probablemente sordera selectiva.

Y por supuesto, allí íbamos a estar todos… incluyendo el Padre Thomas, mi familia, y mi inquebrantable deseo de fingir entusiasmo.

El reloj marcaba las seis y la casa olía a pasta al horno, y resignación.

Nicky servía vino con la alegría de quien va rumbo a una boda real; yo lo bebía con la actitud de un reo en su última cena.

—No entiendo por qué te cuesta tanto —dijo ella, dejando la botella sobre la mesa—. Mis padres cumplen cincuenta años de casados. Es algo hermoso.

—Claro —respondí—. Cincuenta años de amor, fe… y probablemente silencio selectivo.

Nicky rodó los ojos.

—Jay, no empieces.

—No empiezo, solo me preparo. Mañana voy a estar en una casa llena de feligreses, con el Padre Thomas de maestro de ceremonias y mi madre rezando por mi alma en H.D., necesito entrenar.

—Exageras.

—¿Exagero? —dije alzando la copa—. La última vez que ese padre bendijo algo, mi papá terminó brindando con agua bendita y jurando que el whisky era santo.

Ella intentó contener la risa y fracasó.

—Prométeme al menos que no vas a hacer chistes durante la bendición.

—Lo prometo —respondí con solemnidad—. Esta vez guardaré mis mejores chistes para el postre.

Nicky negó con la cabeza, sonriendo.

—Te juro que eres un caso perdido.

—No perdido —rectifiqué—, solo casado con una mujer que me lleva a eventos donde hay más crucifijos que salidas de emergencia.

Rió tanto que casi derramó el vino.

—Eres imposible.

—Y aun así me invitan —dije, levantando la copa —. Por los Walters, el Padre Thomas… y por mí, que mañana mereceré canonización por aguante.

Brindamos.

El vino sabía a tregua, y en algún rincón de mi cabeza, la voz de mi madre ya practicaba el "¿ves, hijo?, así se hace un matrimonio duradero".

Solo faltaba sobrevivir al ensayo general del cielo.

Capítulo 13

Entre valles de espinas

La puerta se abrió antes de que Nicky siquiera tocara el timbre. Y ahí estaba. El mismísimo Padre Thomas, sosteniendo la manija con esa sonrisa beatífica que solo usan los hombres que nunca han pagado un mortgage ni discutido con Comcast.

Nicky se enderezó de inmediato, sorprendida y luminosa, como si la hubieran rociado con agua bendita.

—¡Padre Thomas! —exclamó, dándole un abrazo suave—. ¿Tan temprano por aquí? Mi mamá ni nos dijo que venía hoy.

Thomas abrió los brazos como si estuviera recibiendo peregrinos cansados.

—Hija mía, siempre es un gozo servir donde se necesita luz y…

Antes de que completara la frase celestial, yo levanté una ceja y entré como quien interrumpe una misa para anunciar que el estacionamiento está bloqueado.

—Bueno, claro que está aquí temprano —dije—. Con lo que se mueve en esta casa, no me sorprendería que ya figure como dependiente en la planilla de impuestos de

Donald. Este hombre debe aparecer hasta en el anejo de créditos especiales del IRS para curas en zonas de alto riesgo emocional.

Nicky me dio un codazo. Uno suave, de advertencia, estilo "por favor no nos excomulgues antes de entrar".

El Padre Thomas rio con esa risa calma de quien está acostumbrado a lidiar con pecadores profesionales.

—Ay, Jay… siempre con tu humor tan… particular.

—Y constante, padre. Como sus visitas —añadí, sonriendo con inocencia sospechosa.

Nicky suspiró, abrió más la puerta y murmuró:

—Padre… bienvenido. Jay… compórtate.

Y entramos, directo al infierno organizado que sus padres llamaban sábado familiar.

La casa olía a canela, flores frescas y perfección manufacturada. En cuanto cruzamos el umbral, Donald apareció desde la sala con los brazos abiertos como si acabara de ver a su hija después de una misión humanitaria en Siria.

—¡Mi Nicky! —exclamó, abrazándola con tanta intensidad que casi la despega del piso—. Al fin. Es increíble que viviendo tan cerca, nos veamos tan poco, hija.

Nicky rió, hundida entre los brazos de su padre.

—Papá, nos vimos hace dos semanas.

—Exacto, demasiado tiempo —respondió él, como si dos semanas fueran una tragedia bíblica.

Desde la cocina salió Margaret, impecable como siempre, delantal planchado, sonrisa lista para la portada de una revista de devoción católica.

—¡Mi niña! —dijo, abrazando a Nicky—. Qué alegría tenerte aquí.

Luego, como parte del ritual familiar, ambos se giraron hacia mí.

Donald me estrechó la mano con fuerza orgulloso.

—Jay, hijo, qué bueno verte. Siempre es un honor tenerte en esta casa.

Margaret me abrazó como si realmente fuera el hijo que nunca tuvieron.

—Ay, Jay… tú siempre tan guapo y tan amable. Dios te bendiga, mijito.

Yo asentí con mi sonrisa diplomática de yerno profesional.

—Gracias, Margaret. Intento ser digno de los Walters. Es como estudiar para el examen de la barra, pero con más flores y estrés emocional.

Donald se colocó recto, pecho afuera, sonrisa que le llegaba hasta las orejas.

—Bueno, Jay… llegó el día. ¡Celebramos cincuenta años de unión con la mujer que me cambió la vida!

Margaret rodó los ojos con cariño.

—Ay, Donald, no es para tanto. Lo importante es que el amor siempre ha estado presente.

Y ahí, justo ahí, mi demonio interno se despertó, se sentó en mi hombro y me entregó un micrófono.

—Bueno, Donald —dije, con una sonrisa tan inocente que era criminal—… ya con cincuenta años de matrimonio cumplidos, mínimo deberías caminar sobre el agua. O convertirla en vino, ya que estamos celebrando.

Margaret se llevó la mano al pecho.

—¡Ay, Jay! Tú no cambias…

Donald estalló en carcajadas como si yo hubiese contado el mejor chiste de su vida.

—¡Ese es mi Jay! ¡Me encanta este muchacho!

El Padre Thomas, que aún estaba cerrando la puerta detrás de nosotros, se persignó como si mis palabras hubieran activado las alarmas del purgatorio.

—Hijo, hijo… siempre tan creativo para tentar al Señor.

—Padre —respondí—, si el Señor no quiere reírse, que no me dé este talento.

Nicky me dio un codazo cargado de amor y amenaza.

—Jay… por favor…

—¿Qué? —dije—. Solo celebro la longevidad matrimonial. Si después de 50 años uno no tiene poderes divinos, ¿qué esperanza tenemos los demás?

Donald volvió a reír, Margaret medio sonrió con resignación, y el Padre Thomas siguió persignándose como si cobrara comisión por cada gesto.

Pero justo cuando la escena estaba alcanzando niveles olímpicos de caos familiar…

La puerta volvió a abrirse.

Y allí estaban ellos:

Mis padres , Ana y Bruce Pierce.

El dúo dinámico de sarcasmo involuntario y devoción excesiva.

Y detrás, entrando como si cargara un diploma de superioridad moral, mi hermano Adam… con Miriam pegada a su brazo, perfecta como siempre.

Nicky susurró por lo bajo:

—Oh, Dios mío… esto va a explotar.

Yo respiré hondo, me acomodé la camisa y pensé: *Bienvenidos al campo minado. Aquí comienza la fiesta.*

Capítulo 14

¿En el purgatorio hay whisky?

La puerta permaneció abierta y el viento la movía como si intentara cerrarla, como si la casa misma dudara si permitir la entrada al caos que estaba por cruzar el umbral.

Y ahí estaban ellos.

Ana Pierce, mi madre, en su modo “parroquia en alerta roja”: blusa impecable, collar de perlas, mirada analítica… lista para juzgar silenciosamente cualquier mantel que no esté correctamente alineado con el eje de la Tierra.

A su lado, Bruce, mi padre, sosteniendo un vaso de whisky como si lo hubieran teletransportado desde un bar irlandés directo al “living room” de los Walters. Relajado, sonriente, feliz de existir sin pedir permiso.

—¡Hijo! —dijo Ana, extendiendo los brazos—. ¡Mira nada más qué fiesta tan hermosa han preparado los Walters!

Yo me incliné para abrazarla, sabiendo perfectamente que, pase lo que pase, ella encontrará algo que criticar con cariño pasivo-agresivo.

—Es bonita, mamá —dije—. Llevan años practicando la perfección, es su cardio.

Bruce se rió antes de estrechar mi mano como si fuéramos cómplices de un crimen.

Detrás de ellos, como si alguien hubiera presionado el botón de "modo superioridad moral", entró Adam. Mi hermano. Perfecto como siempre. Camisa sin una arruga, aura de Harvard y una expresión que decía: "Sí, soy mejor que tú, pero Dios te bendiga".

A su lado, Miriam, con su sonrisa profesional de dentista iluminada por la gracia divina y un vestido que gritaba "certificada en elegancia".

—Jay —dijo Adam, dándome una palmada en el hombro—. Llegamos justo a tiempo, ¿no?

—Sí, justo a tiempo para la segunda venida de Cristo, al parecer —respondí, señalando al Padre Thomas, que aún estaba en modo exorcismo espontáneo tras mi chiste del IRS.

Nicky me agarró la mano, apretando suave, estilo "te amo, pero no jodas".

Y entonces, como una explosión silenciosa, las dos familias se vieron.

Los Pierce.

Los Walters.

El cielo.

El infierno.

Y yo… en el medio.

El silencio duró exactamente tres segundos, suficiente para que ambos mundos midieran sus armas espirituales.

Margaret, siempre la reina del protocolo, dio el primer paso.

—¡Ana, bienvenida! Qué alegría tenerlos aquí.

—Gracias, querida —respondió mi madre, analizando la mesa como si buscara una falta imperdonable —. Todo está… muy decorado.

Margaret sonrió, esa sonrisa tensa que se usa en las fotos familiares cuando el fotógrafo ya lleva veinte intentos.

—Pues sí, tratamos de mantenerlo elegante. Es que… bueno, nos gusta que todo luzca perfecto.

Ana asintió.

—Claro. Aunque la perfección, ya sabes, no siempre es garantía de bendición.

Nicky soltó un suspiro que sonó a oración fallida.

Mientras tanto, Donald se acercó a Bruce con una copa en la mano.

—¡Bienvenido, Bruce! Qué honor tenerte aquí para celebrar nuestro aniversario.

—Cuarenta años, ¿no? —preguntó Bruce, observando el vino como si fuera un examen final.

—Cincuenta —respondió Donald, orgulloso.

Bruce levantó la copa.

—Ah. Medio siglo. Impresionante. Yo llevo cuarenta y todavía estoy tratando de encontrar el botón de "mute" de Ana.

Mi madre lo fulminó con la mirada.

—¿Perdón?

—Digo, que… eh… te ves muy bonita, amor —corrigió Bruce, levantando las cejas como quien intenta negociar su vida.

El Padre Thomas tosió fuerte, intentando salvar almas antes de que la sangre matrimonial saliera a presión.

—Recordemos, hijos míos, que el matrimonio es un reflejo de Dios…

Yo aproveché para rematar:

—Pues Padre, si este es el reflejo, Dios debe estar agotado.

Nicky me clavó las uñas en el brazo.

Ana me dio un codazo.

Margaret se persignó.

Donald soltó una carcajada que agitó los globos dorados.

El Padre Thomas respiró hondo, con la solemnidad de quien factura hasta el silencio.

Adam, con su aire de diplomático inútil, intervino:

—Bueno, creo que lo importante es que estemos todos reunidos, ¿no? La familia… la tradición…

Bruce lo interrumpió:

—Tradición es aguantar a tu madre cuarenta años, muchacho. Después de eso, la ONU debería darte inmunidad diplomática.

Miriam fingió reír para no perder el premio a "la más cordial".

Y de pronto, sin aviso, las dos madres hablaron al mismo tiempo:

—¿QUIEREN PASAR A LA MESA?

Los hombres respondimos al unísono:

—Sí, por favor.

Mientras avanzábamos, escuché a Nicky susurrarme:

—Jay… si vuelves a abrir la boca, te voy a dejar sin postre. Y sin sábado por la noche.

Me quedé callado.

A veces hay amenazas que ni Dios compite.

La noche terminó con café, más vino del necesario y una inusual cantidad de silencios incómodos que ninguna oración logró sanar.

Cuando salimos de la casa de los Walters, el aire frío de Pacifica se sintió como libertad condicional.

Nicky manejaba.

Yo miraba por la ventana, pensando en lo cerca que estuvo todo de explotar en fuego celestial.

—Jay —dijo ella finalmente—. ¿Tú te escuchas a veces?

—Sí. Y créeme, me sorprendo igual que tú.

Ella negó con la cabeza, pero sonreía.

—Eres imposible… pero te amo. Aunque a veces quisiera ponerte en modo avión.

—Eso viene en la próxima actualización —respondí.

Ambos reímos, sin la menor idea de que aquello no era nada comparado con lo que venía.

Capítulo 15

Día de velas… y otras tentaciones

El domingo amaneció con ese silencio bendito que solo existe cuando uno sigue vivo después de una semana emocionalmente ilegal.

La luz se colaba por la ventana como si quisiera entrar de puntillas, respetuosa… hasta que Nicky decidió jugar a ser mi despertador.

Sentí su mano en mi hombro, suave, pero con esa intención mortal de quien no se va hasta que te despiertes.

—Jay… —susurró.

Yo gruñí como si me hubieran arrancado del paraíso.

—¿Qué pasa, mujer? —murmuré, enterrando la cara en la almohada—. ¿Se incendia la casa? ¿El Padre Thomas perdió la fe? ¿Bruce encontró el botón de "mute" de mamá?

—Claro que no, gracioso —respondió ella, dándome un toque en la espalda—. ¿Sabes qué día es hoy?

—Sí —dije sin levantar la cabeza—. El día de vegetal. O sea, el día sagrado de no hacer absolutamente nada. Domingo, Nicky. El único día en que el cielo me absuelve de existir.

Ella rió… pero con ese tipo de risa que anuncia problemas.

—No, amor. Hoy es el cumpleaños de Jenny.

Abrí un ojo.

Luego el otro.

Y mi cerebro activó todas las alarmas del N.O.R.A.D.

Jenny.

La Jenny que no solo entregaba velas…sino que casi me encendía la mía en el garaje.

La misma que había rozado mi brazo como quien prueba el borde de un volcán, y que me dijo, muy casual, que no necesitaba camiseta porque “así se veía perfectamente funcional”.

—Ah… —respondí, tratando de sonar neutral, como si no estuviera reviviendo la escena del garaje en cámara lenta—. Jenny.

—La invitación es para la una de esta tarde —continuó Nicky, sin sospechar nada—, pero todavía no he pasado a buscar el regalo. El viernes no llegó el pedido, y ayer… bueno, entre mis padres, tu comentario del vino y el Padre Thomas casi teniendo un aneurisma, no tuve oportunidad.

Me quedé mirando el techo.

Claro.

Perfecto.

Domingo.

Ocho de la mañana.

La fiesta de cumpleaños de la mujer que me mira como si yo fuera un catálogo de tentaciones por suscripción mensual.

Y ahí estaba yo, preparándome mentalmente para otro desfile.

Sí, porque cada vez que voy donde Jenny, Ava o Lourdes, siento que entro a un mercado de granjeros… pero de sementales.

Un show de toros padrotes donde uno camina y la gente te mira como si fueran a decir:

"Ese".

"Ese es el bueno".

"¿Cuánto por ese?"

"¿Lo venden por libra o por emociones?"

Me senté en la cama con el pelo en modo terremoto.

—Nicky —dije, masajeando mis ojos—. ¿Por qué tan temprano? La fiesta es a la una. ¿Qué necesidad hay de torturar al prójimo antes de las 9 a.m.?

—Porque tengo que recoger el regalo, envolverlo, arreglarme y llegar a tiempo. Y tú también.

Yo la miré.

—¿Yo también… qué?

—Arreglarte —dijo, repitiéndolo con calma homicida—. No vas a ir como si hubieras montando la moto.

—¿Y por qué no? Es mi estilo.

—"Desastre sexualmente activo" no es un estilo, Jay.

—¿Perdón? —me reí—. Ese es un estilo perfectamente válido. Incluso hay artículos al respecto.

—Jay… —se sentó a mi lado—. Jenny cumple años. Es una ocasión especial.

Claro que es especial, pensé.

Especialmente peligrosa.

—Pues… perfecto —dije, levantando las manos—. Vamos.

Al desfile.

Al festival.

A la subasta.

Al show internacional del semental doméstico número uno de la temporada.

Ella rió, pensando que yo exageraba.

Pobre Nicky.

Si ella supiera…

Me puse de pie, resignado.

—¿Sabes qué creo? —le dije mientras buscaba una camiseta decente—.

—¿Qué?

—Que Jenny nació un domingo solo para poder arruinar los descansos de los demás.

Nicky soltó una carcajada.

—Ay, Jay. No empieces.

—Nicky, amor… esa mujer tiene un radar. Un radar, espiritual y hormonal. Tú dices "cumpleaños"… y yo escucho "prueba final antes del juicio".

—Por favor. Es una fiesta tranquila, tonto. "Nothing special".

Yo guardé silencio.

Porque si algo me habían enseñado las últimas semanas era esto:

Cuando Nicky dice "nada especial", Dios se ríe.

El camino hacia la casa de Jenny duró veinte minutos, pero a mí me parecieron como cinco horas de ansiedad disfrazada de “todo está bien”. Nicky hablaba sobre la envoltura del regalo, sobre el tipo de papel con brillitos que “iba más con la personalidad luminosa de Jenny”.

Yo solo pensaba que la única cosa luminosa en Jenny eran las miradas que me lanzaba cuando Nicky no estaba mirando.

Llegamos a su vecindario, uno de esos donde todo huele a galletas recién horneadas y donde las vecinas hacen yoga a las seis de la mañana sin sudar.

Nicky estacionó frente a la casa.

Una casa blanca, con jardinería impecable, luces sutiles, y —por supuesto— un letrero de bienvenida escrito a mano.

—Ay, mira qué “cute” —dijo Nicky—. Ella siempre decora tan bonito.

Sí, muy bonito.

Muy “entra a mi casa y destruyo tu matrimonio con estilo”.

Nos bajamos del carro y Nicky tomó el regalo como si fuera un trofeo olímpico. Yo cerré la puerta y justo cuando iba a caminar hacia la entrada…

Ahí.

Ahí mismito.

Plantada en el portón como si fuera la embajadora oficial del caos sensual.

Lourdes.

Con una falda roja, ajustada. Una blusa que gritaba “Soy peligrosa y lo sé”.

Lentes oscuros.

Cabello recogido en coleta alta.

Y labios pintados en un rojo tan intenso que parecía advertencia legal.

Dios mío.

Dios mío.

¿Pero qué hacen estas mujeres?

¿En serio es legal que una sola fiesta tenga tanto potencial para destruir la paz mental de un hombre?

—¡Nicky! —dijo Lourdes, abriendo los brazos con ese entusiasmo teatral que ella domina—. ¡Al fin! Pensé que llegarían tardísimo.

Nicky la abrazó como si fueran hermanas perdidas.

Yo, mientras tanto, me mantuve en modo “neutralidad diplomática”, como un soldado esperando ordenes.

Lourdes me sonrió.

Esa sonrisa que tiene el poder de quitarle el agua a un río.

—Jay… —dijo, como si mi nombre fuera un secreto compartido—. Qué bien te ves hoy.

—Gracias —respondí, con voz normal.

O al menos eso intenté; probablemente salió una octava más arriba.

Mientras Nicky hablaba con ella sobre el papel del regalo, la decoración, la fiesta, y el menú —¡cómo hablan estas mujeres, santo Cristo!—, Lourdes dio un pasito hacia mí.

Minúsculo.

Preciso.

Táctico.

Y yo… pendejo… miré un segundo hacia la puerta porque alguien adentro había dicho:

—¡Ya voy! ¡Ya voy!

Ese microsegundo de distracción fue suficiente.

PAF.

Un pellizco.

Un maldito pellizco profesional en la nalga, con técnica, precisión divina y mala intención celestial.

No fue un toque.

No fue un roce inocente.

Fue un mensaje.

Mis ojos se abrieron como si hubiera visto un milagro o un demonio, dependiendo del ángulo.

El alma se me salió, se me arrodilló, y volvió a entrar corriendo.

Lourdes no se movió.

Ni siquiera se rió.

Solo siguió conversando como si nada.

Pero debajo de sus lentes…

sabía yo que estaba sonriendo.

—¿Estás bien, amor? —preguntó Nicky, volteándose en cámara lenta.

Yo me aclaré la garganta.

—Sí, sí… solo me dio… eh… brisa.

Brisa.

BRISA.

Mi cerebro quería renunciar.

Lourdes bajó un poco los lentes, apenas milímetros, y me lanzó una mirada que decía:

Esto apenas empieza.

La puerta finalmente se abrió y apareció Jenny, radiante, con un vestido pastel y esa sonrisa que podía desmayar a un ateo.

—¡Dios mío, ya llegaron! Pasen, pasen, pasen —dijo, abrazando a Nicky.

Cuando vino hacia mí, sus brazos se abrieron… más de la cuenta.

Yo tragué saliva.

Señor, si vas a ponerme pruebas hoy, por lo menos dame un manual.

Entramos.

El olor a vainilla, café, y algo más —algo suave, femenino, peligroso— llenó mis pulmones.

Nicky se adelantó para poner el regalo sobre la mesa.

Lourdes y Jenny compartieron una mirada rápida, algo conspirativa.

Y yo… simplemente supe que este día no iba a ser fácil.

Pero justo cuando pensé que el caos estaba contenido…

Desde el fondo de la casa, una voz femenina —que no era Jenny ni Lourdes— dijo:

—¡Ay, pero miren quién llegó! ¡Si es el famoso Jay!

Yo me congelé.

Nicky se volvió con curiosidad.

Lourdes sonrió como gata.

Jenny entrecerró los ojos divertida.

Y yo pensé:

¿Quién carajo más está aquí?

¿Quién más sabe mi nombre?

La respuesta apareció en el pasillo.

La mujer que salió… hizo que mi estómago cayera hasta mis rodillas.

Capítulo 16

El Cuarto de Atrás

La voz salió del fondo del pasillo como si la hubiera enviado el mismo universo para joderme la existencia en 4K.

—¡Ay, pero miren quién llegó! ¡Si es el famoso Jay!

Me congelé.

Nicky también.

Lourdes se acomodó los lentes como quien espera un chisme sabroso.

Jenny, por su parte, apretó los labios en esa sonrisa de cortesía que solo usan las mujeres cuando aparece alguien que les complica el balance emocional.

Y entonces…

Apareció ella.

Ava.

La mismísima Ava Duarte.

La amiga más elegante, más afilada y más jodidamente peligrosa del trío.

Venía caminando hacia nosotros con esa seguridad que solo tienen las mujeres que saben el efecto que causan.

Vestido negro, ajustado pero fino.

Cabello suelto, ondas suaves cayéndole sobre los hombros.

Maquillaje impecable, labios rojos, mirada calculadora.

Era un imán aspirando todo el oxígeno del cuarto.

Yo sentí un puño invisible apretarme la garganta.

Mis pensamientos empezaron a correr como borrachos jugando dominó:

Ava aquí.

Ava caminando hacia mí como si yo fuera un recibo pendiente de firmar.

Ava sabiendo exactamente el tipo de domingo espiritual que yo NO necesito.

—Jay —repitió, acercándose—, pero qué sorpresa verte aquí tan temprano.

Su tono era suave, dulce… pero tenía filo.

Del tipo que corta reputaciones sin dejar huellas digitales.

Yo intenté mantener la compostura, estilo "soy un hombre casado, estable, adulto y leal"…

pero por dentro estaba gritando:

PUÑETA, ¿POR QUÉ ESTA CABRONA TIENE QUE SER TAN IMPREDECIBLE?

Ava me abrazó.

Sí.

Me abrazó.

Justo ahí, frente a Lourdes, a Jenny, a Nicky y a la mismísima Virgen de Guadalupe si hubiera estado en la pared.

Fue un abrazo elegante, medido, con fragancia dulce y una mano que se detuvo un segundo más de lo debido en mi espalda.

Ese segundo me envejeció cinco años.

Cuando me soltó, Nicky sonrió.

La sonrisa de Nicky.

No la buena.

No la genuina.

La otra.

La "mi marido acaba de entrar en un campo minado y yo estoy observando" sonrisa.

Ava giró hacia ella.

—¡Nicky, mi amor! Qué linda te ves hoy.

Nicky la abrazó con cariño… y la tensión de una mujer que está haciendo inventario en tiempo real.

—Ava, ¡qué sorpresa! Pensaba que estabas trabajando hoy.

—Ay, no —respondió Ava—. Cancelé un brunch para venir. Además… —y me miró otra vez, directo, sin pudor— …no podía perderme esta reunión con ustedes.

Yo respiré.

Solo para confirmar que aún podía.

Jenny, desde la entrada, observaba con una mezcla rara:

alegría por la fiesta…

y un poquito de "qué cojones hace Ava aquí rompiendo la estética".

Lourdes, en cambio, estaba disfrutando.

Ella sabía exactamente lo que provocaba Ava.

Así que sonrió como diablita y dijo:

—Bueno… ahora sí estamos todas.

Yo tragué seco.

Nicky entrelazó su brazo con el mío, suave pero firme.

Como quien dice:

"Muévete, príncipe mío… pero camina derecho."

Ava avanzó a nuestro lado hacia la sala.

Y yo, caminando entre las tres, pensé:

Aquí voy.

El semental del pueblo en medio del desfile.

Con la esposa a un lado… la tentación número uno al otro… y la tentación número dos siguiéndome con olor a perfume caro.

Pero justo cuando la tensión estaba a punto de estabilizarse…

Jenny cerró la puerta detrás de nosotros y dijo algo que me paralizó.

—Bueno… ya que estamos todos… ¿están listos para el juego?

Nicky volteó.

Lourdes arqueó una ceja.

Ava sonrió lento.

Y yo pensé:

¿Qué juego?

¿Qué carajo están planeando estas mujeres?

Jenny aplaudió dos veces.

—¡Va a estar buenísimo!

Pero antes… —miró directo a mí, sosteniendo la mirada un segundo más de lo normal— …necesito que Jay me ayude con algo en el cuarto de atrás.

PUÑETA.

La sala quedó en silencio.

Jenny caminó delante de mí por el pasillo estrecho, moviendo las llaves del cuarto como si estuviera guiando a un sospechoso hacia un interrogatorio.

Cada paso que daba sonaba a problema. A juicio final. A "Jay, hoy te examina el universo".

—Solo es un momentito —dijo ella, volteando con esa sonrisa dulce que siempre esconde dinamita—. Te prometo que es rápido.

Sí, rápido… como caer de un edificio.

Llegamos a la puerta del cuarto de atrás. Ella la abrió y entró primero.

Yo respiré hondo y entré detrás, como quien entra a un quirófano sin anestesia.

El cuarto tenía olor a vainilla, flores y… peligro.

Había cajas, bolsas de regalos, una mesa con papeles y velas nuevas en exhibición.

Jenny se inclinó sobre una caja grande tratando de levantarla.

—Ay, esto pesa —dijo—. Ayúdame, por fa'.

Yo me agaché del otro lado, agarrando el borde de la caja.

Y ahí fue donde todo empezó a complicarse.

La caja cedió…

Jenny no.

Y en ese movimiento torpe, involuntario, accidental y totalmente maldito, sus pechos chocaron contra mi pecho con fuerza suficiente para que mi alma hiciera un salto ornamental hacia afuera del cuerpo.

Mi cerebro gritó:

NO, NO, NO PUÑETA, ¡ASÍ NO!

Jenny soltó un "ups" que no sonó a "ups".

Sonó a "así empieza una desgracia".

—Perdón —dijo ella, aunque no parecía muy arrepentida.

Antes de que pudiera recuperarme, Jenny dio un paso adelante… demasiado adelante… y me puso una mano en el pecho, suave, como si estuviera ajustándome la camisa, pero con la mirada fija en la mía como si quisiera leerme la vida completa.

—Jay… —susurró—, yo sé que tú eres un hombre correcto pero…

NO.

NO.

POR FAVOR, NO.

—Jenny —murmuré, alejándome un poco—. Mira, yo…

Y ahí se lanzó.

Literal.

SE LANZÓ.

Se tiró hacia mí intentando besarme, agarrándome por el cuello como quien intenta estacionar un carro sin licencia.

Yo brinqué hacia atrás con reflejos que ni sabía que tenía.

Parecía un ninja recién graduado pero con miedo de perderlo todo.

Jenny avanzó otra vez.

Yo esquivé otra vez.

Era como ver un documental de vida salvaje:

“El venado asustado intentando huir de la pantera seductora”.

—Jenny, ¡por Dios! —susurré—. ¡¿Qué haces?!

—Lo que debí hacer hace tiempo —dijo ella, avanzando un paso final.

Yo pegué la espalda contra una repisa.

Estaba acorralado.

En un cuarto pequeño.

Con olor a velas.

Y destino de tragedia.

Jenny apoyó una mano al lado de mi cabeza.

SU CARA A DIEZ CENTÍMETROS DE LA MÍA.

Yo ya estaba viendo mi funeral:

“Aquí yace Jay Pierce. Amó a su esposa. Pero el destino lo puso en un cuarto con velas aromáticas y una amiga hiperactiva.”

Fue en ese instante que escuché la voz que más necesitaba en ese momento.

La del cielo.

La salvación.

La luz.

Nicky.

—¡NECESITAN AYUDA ALLÁ ADENTRO! —gritó desde el pasillo.

Jenny se congeló.

Yo me separé como si hubiera visto una aparición mariana.

La puerta se abrió de golpe.

Entró Nicky.

Con cara de “solo vine a preguntar pero estoy lista para matar”.

Yo estaba a un lado, respirando agitado, sudando como un pecador en misa y con el look de un hombre que acababa de sobrevivir a un intento de secuestro.

Jenny, por su parte, retrocedió y fingió arreglar una cinta.

—¡Holaaaaa! —dijo ella, con tono casual que no convencía a nadie—. Todo bien aquí. Solo estábamos… acomodando.

Yo levanté una caja al azar.

Ni sé qué era.

Ni pesaba.

Ni importaba.

Solo la levanté y dije:

—SÍ.

AYUDANDO.

AYUDO MUCHO YO.

JE.

JE JE.

Nicky entrecerró los ojos.

Yo tragaba saliva como si estuviera masticando cemento.

—Jay —dijo ella, con voz suave, muy suave, demasiado suave—. ¿Estás bien?

—¿Yo? PERFECTO.

YO SOY…

DOMINGO EN PAZ.

YO ESTOY…

YO…

Mi cerebro colapsó.

Jenny sonrió sin vergüenza.

—Sí, Nick —dijo ella—. Jay es un ángel.

Un verdadero ángel.

Un ángel jodido si yo no salía de ese cuarto.

Nicky me miró una vez más… lento… profundo… evaluándome.

Yo sudaba.

Pero sudaba elegante.

Sufrimiento premium.

—Bueno —dijo Nicky finalmente—. Cuando terminen, vengan al comedor. Lourdes quiere empezar el juego.

Y se fue.

Cerró la puerta.

Yo quedé estático.

Jenny me lanzó una última mirada peligrosa.

—Esto continúa —susurró.

Yo pegué un salto hacia la mesa.

—NO. NO CONTINÚA NADA.

NADA.

CERO.

NEIN.

SE ACABÓ.

Ella se rió.

Esa risa de "todavía queda película".

Y ahí, en ese cuarto, con la respiración entrecortada, la dignidad golpeada y el corazón latiendo como alarma de huracán, pensé:

Esto no iba a terminar aquí.

Capítulo 17

La mesa del juicio final

Cuando salí del cuarto de atrás, respiré hondo y me acomodé la camisa como si lo que había pasado allá dentro hubiese dejado réplicas que nadie tenía por qué notar… aunque mi expresión probablemente decía lo contrario.

Jenny salió detrás de mí, tranquila como un lago.

Yo… como un lago también, pero uno donde acaban de tirar un cadáver.

Ava y Lourdes levantaron la vista al mismo tiempo.

Nicky también… pero la de ella traía preguntas, cálculos, y la evaluación completa del F.B.I.

Lourdes sonrió.

—¿Todo bien en La Cueva del Misterio?

Me incliné un poco hacia adelante, con las manos en los bolsillos.

—Perfecto. Una caja intentó atacarme, pero Jenny la neutralizó usando… técnicas creativas.

Ava soltó una risita. Jenny apretó los labios.

Nicky entrecerró los ojos.

—¿Técnicas creativas? —preguntó Ava, interesada.

—Digamos —respondí— que si el F.B.I. necesita entrenar agentes anticaos, deberían llamar a Jenny. Esa mujer domina el arte del… ataque sorpresa.

Lourdes se atragantó de la risa.

Jenny me miró como quien escribe un capítulo extra en la novela de la venganza.

Nicky alzó una ceja, esa ceja que me evalúa y me ama y me quiere matar todo al mismo tiempo.

—Bueno, bueno —dijo Lourdes—. Vamos a lo que vinimos.

El juego.

Yo pensé: *Coño, bendito juego. Nada bueno empieza con esa frase, excepto divorcios y programas de televisión de mala calidad.*

Lourdes puso la cajita rosa en el centro de la mesa.

—Reglas simples. Sacamos tarjetas. Se contesta sin drama. Si mientes, shot. Si evades, shot. Si te pones pendejo… dos shots.

—¿Y quién decide si uno se pone pendejo? —pregunté.

—Yo —sonrió Lourdes—. Obvio.

Maldita sea.

Sacó la primera tarjeta.

"¿Alguna vez alguien te ha confundido emocionalmente?"

Jenny respondió sin miedo:

—Sí.

Ava:

—También.

Lourdes:

Pues claro.

Las tres voltearon hacia Nicky.

Nicky respiró… lento.

—Sí.

Yo tragué saliva.

Cuatro "sí" peligrosos.

Uno de ellos… el que más me importaba.

—Jay —dijo Lourdes—. Te toca.

Me acomodé la camisa otra vez, no por nervio… por estilo.

—¿Confundido?

No sé, Lourdes. Yo soy como GPS:

a veces recalculo, pero siempre llego a la dirección correcta.

Ava soltó un "wow".

Jenny me miró como si hubiera dicho una ecuación que no entendió.

Nicky sonrió, pero esa sonrisa que es mitad orgullo, mitad “di algo más y te mato”.

Lourdes frunció el ceño.

—Mmmm… aceptable.

Te salvas del shot por creativo.

Segunda tarjeta:

“¿Has tenido esta semana un momento inapropiado… aunque lo hayas evitado?”

Jenny bajó la mirada y dijo:

—Sí.

Ava giró la copa en sus dedos.

—Yo también.

Lourdes levantó la mano.

—Confirmo.

Tres confesiones.

Cada una más peligrosa que la otra.

Nicky respiró profundo.

—No.

A mí se me apretó el pecho.

Ese NO, fue gasolina emocional.

Me dio un poco de vida.

Lourdes me miró.

—Jay. ¿Tú?

Yo me incliné hacia adelante, apoyando los codos en la mesa.

—Si hablamos de "inapropiado", definamos el término. Porque después de lo que vi en el estacionamiento de Target el viernes, mi barra está desprogramada.

Jenny casi se ahoga.

Ava sonrió.

Nicky abrió los ojos.

—O sea que… ¿es un sí o un no? —preguntó Lourdes.

—Es un "la vida me sorprende, pero yo no sorprendo a la vida".

Traducción: NO.

Lourdes lo pensó.

Me analizó.

Y dijo:

—Te la voy a dar. No por sincero… por elegante.

Sacó la tercera tarjeta.

"¿Alguna vez has tenido pensamientos inapropiados sobre alguien… en este mismo cuarto?"

Bro…

el tiempo se detuvo.

Ava cruzó las piernas lento.

Jenny bajó los párpados.

Lourdes se acomodó en la silla como quien se prepara para un capítulo nuevo.

Nicky…

Nicky se quedó quieta.

Lourdes se aclaró la garganta.

—Vamos a hacerlo simple. Respuestas directas.

Jenny.

Jenny sonrió con un descaro que la Virgen no podría perdonar.

—Sí.

A mí se me apagó el router mental.

Lourdes miró a Ava.

Ava:

—Sí.

Casi me paro y aplaudo por honestidad criminal.

Lourdes:

—Obviamente yo también —dijo—. No soy de piedra.

Nicky bajó la mirada.

Respiró.

Y dijo:

—Sí.

JAQUE MATE A MI EXISTENCIA.

No había ruido en la sala.

Ni respiración.

Ni carajo.

Y entonces Lourdes dijo:

—Jay. ¿Y tú?

Me eché hacia atrás.

Miré a las cuatro.

Sabía exactamente lo que significaba cada palabra que saliera de mi boca.

Pensé en Nicky.

Pensé en el cuarto de atrás.

Pensé en Jenny en modo pantera.

Pensé en Ava mirándome como si yo fuera un examen médico sin contestar.

Pensé en Lourdes, que estaba gozando como si cobrara entrada.

Sonreí.

Porque claro que iba a sonreír.

Soy Jay Pierce.

—Yo no tengo pensamientos inapropiados —dije, pausado—.

Tengo pensamientos… contextualmente intensos.

Que es distinto.

Se rieron TODAS.

Hasta Nicky.

Pero la tensión seguía ahí.

Lourdes levantó las manos.

—Esa respuesta es tan Jay que no sé si darte un shot… o un diploma.

Jenny dobló la servilleta.

Ava me miró como quien quiere leer la segunda página.

Nicky respiró, sobrepensando todo lo que yo había dicho.

Y justo cuando pensé que el capítulo estaba a punto de bajarle la intensidad…

Nicky habló.

—De todos modos —dijo ella, calmada, pero con esa voz que mete miedo—, yo quiero saber algo.

La miramos.

—¿Qué? —preguntó Lourdes.

Nicky colocó ambas manos sobre la mesa.

—¿Qué carajos pasó exactamente en el cuarto de atrás?

Capítulo 18

Preguntas con fuego

Nicky no parpadeó, no respiró, ni pestañas movió. Solo dejó caer la pregunta como si hubiera desenfundado un arma:

—¿Qué carajos pasó exactamente en el cuarto de atrás?

Perfecto.

Ahí estaba.

La sentencia.

El "te escucho" más peligroso del hemisferio occidental.

Yo sonreí por reflejo, porque mi sistema nervioso tiene humor negro como mecanismo de defensa.

—Bueno… —dije, enderezando la espalda— técnicamente, lo que pasó fue… logística doméstica elevada.

Ava levantó una ceja.

—¿"Logística doméstica"? Jay, eso suena como cuando alguien dice "no es marihuana, es una planta medicinal".

Jenny bufó por la nariz.

Lourdes se frotó las manos como si acabara de aparecer un especial navideño del caos.

Nicky se inclinó hacia adelante.

—Explícame la parte de “logística”.

Yo respiré profundo.

Sabía que tenía que ser preciso al hablar.

Tan preciso como un cirujano con hangover.

—Ok, mira… —dije, juntando las manos como si estuviera por dar una conferencia TED Talk sobre cómo no morir en pareja—. A Jenny se le cayó una caja. Yo entré a ayudar. Hubo… coordinación. Una maniobra. Casi un ballet. Pero versión económica, sin presupuesto.

Jenny tragó saliva tratando de no reírse.

—Fue literalmente una caja en el piso —dijo ella—. Jay la levantó, yo la acomodé. Fin.

Lourdes levantó un dedo.

—Eso suena a tráiler, no a película completa.

Ava deslizó la mirada entre ambos.

—Sí… siento que falta contenido detrás de la escena.

Coño.

Nicky cruzó los brazos.

No dijo nada.

Peor.

Esa mujer cuando no habla, piensa.

Y cuando piensa, yo sudo.

—Amor —dije, poniéndome en modo diplomático —, te lo digo claro: no pasó nada inapropiado. Cero. Ni un decimal. Es más, si hubiese una calculadora moral, marcaba todo en verde.

Lourdes:

—Jay, tú eres la primera persona que conozco que defiende su inocencia usando terminología de contabilidad.

Jenny intervino, seria:

—Nicky, te juro que lo único intenso fue la caja. El resto fue Jay haciendo chistes mientras intentaba no tropezarse. Punto.

Ava asintió.

—De hecho… suena bastante creíble viniendo de Jay.

Yo levanté un dedo, orgulloso.

—Gracias por la confianza.

—No dije confianza. Dije "creíble". Es diferente.

Coñazo amistoso.

Nicky respiró hondo.

—Ajá. ¿Y por qué saliste con esa cara?

Lourdes abrió los ojos como platos, del tamaño de un satélite de DirecTV.

Yo carraspeé.

—Mi cara… funciona independiente de mi voluntad. Es como un iPhone viejo: hace lo que le da la gana cuando le da la gana.

Jenny se tapó la boca para no soltar la carcajada.

Nicky me miró de arriba abajo, lento.

—¿Y tú no tienes nada más que añadir?

—Sí —respondí, enderezando la camisa—: que las cajas deberían venir con advertencias de "alto riesgo" si Jenny está cerca.

Jenny abrió los ojos.

—Jay…

Lourdes aplaudió.

—¡PUÑETA, AL FIN ALGUIEN DICE ALGO HONESTO!

Ava soltó una risita elegante, de esas que matan en TikTok.

Yo puse las manos en alto.

—No es lo que suena. Lo digo porque Jenny casi me mata con la tapa. Tiene reflejos de ninja. ¿Qué tú crees que pensé? "Coño, me asesinan y Nicky nunca sabrá por qué."

Nicky, por primera vez, sonrió.

Pequeño, peligroso, pero mío.

—Ok. —dijo ella, bajando los hombros un poco—. Suficiente por ahora.

"Por ahora".

Dos palabras más largas que la Biblia.

Lourdes exhaló.

—Perfecto. Seguimos con el juego entonces.

Ava ajustó su copa.

Jenny respiró por primera vez en diez minutos.

Yo…

agradecí mentalmente estar vivo.

Después de aquel pequeño interrogatorio de la Gestapo, el juego siguió… pero ya sin tanta dinamita.

Preguntas más suaves, más tontas, más de "vamos a sobrevivir la noche sin destruir relaciones".

Yo contesté lo necesario.

Jenny dejó de mirarme como si me debiera venganza.

Ava entró en su modo filosófico de vino caro.

Y Lourdes, bendita sea, bajó las armas solo porque vio que el drama premium ya había sucedido.

Al rato, las copas estaban vacías y los nervios también, así que nos movimos a la terraza.

El aire fresco hizo lo suyo, esa mezcla de noche, luces cálidas y conversaciones ligeras que siempre me hacen sentir que estoy en un episodio final de temporada.

Las chicas hablaban entre ellas mientras yo me apoyaba en la baranda, observando la calle, tratando de entender por qué demonios mi vida parecía un deporte extremo patrocinado por Red Bull.

Nicky se acercó a mi lado.

Apenas apoyó la mano en mi brazo y sentí que todo el estrés del día se resbalaba como si no existiera.

—¿Estás bien? —me preguntó bajito.

La miré.

Y ahí fue que lo solté.

Le conté.

No todo, porque tampoco soy idiota, pero sí lo suficiente:

Que sentía que últimamente sus amigas estaban… no sé, raras.

Que la vibra.

Las miradas.

Los comentarios.

Situaciones pequeñas que no son nada solas, pero juntas parecen un episodio especial de Netflix.

Ella escuchó.

Sin interrumpir.

Sin juzgarme.

Sin hacer el show.

Cuando terminé, respiré esperando una reacción racional.

Una discusión.

O un análisis de F.B.I.

Algo.

Pero no.

Ella se mordió el labio.

Se acercó más.

Y me besó.

No un beso cualquiera.

Un beso de esos que se dan con decisión.

Con propiedad.

Con mensaje.

Cuando se separó, dijo:

—Jay… ¿de verdad tú crees que me voy a molestar por eso?

Yo abrí la boca para responder, pero ella puso un dedo en mis labios.

—No seas bobo. Que otras mujeres te miren… es normal.

Lo que importa —me tomó la camisa— es que tú te acuestas conmigo.

Y a mí eso… —sonrió con esa expresión letal— me encanta.

Y ahí se acabó cualquier otro pensamiento inteligente que yo pudiera tener.

Más tarde, en la casa…

Salí del baño secándome el pelo, listo para tirarme en la cama y dormir como si me hubiesen apagado del switch.

No llegué ni a poner un pie completo fuera de la puerta cuando escuché:

—Ven acá.

Nicky.

En un tono que no era sugerencia.

Era orden.

Sexy.

Peligrosa.

De esas que no admiten "ahorita".

Me giré.

Y ahí estaba ella.

En la cama.

Cabello suelto.

Mirada fija.

Rodillas hundiendo suave la sábana.

Una mezcla perfecta entre "te amo" y "prepárate".

Y antes de que yo pudiera decir absolutamente cualquier cosa…

Ella me saltó encima.

Literal.

Como si hubiese activado un resorte invisible.

Como si llevara rato contando los segundos para hacerlo.

Como si el beso en la terraza hubiese sido solo el teaser del tráiler oficial.

Yo apenas tuve tiempo de agarrarla por la cintura.

—¿Nicky…? —alcancé a decir entre risas nerviosas.

Ella me besó el cuello, la mandíbula, la mejilla, cada uno con exactitud… intensa.

—Calladito —susurró—.

Que hoy te quiero entero.

No hubo prisa.

No hubo caos.

Fue ella.

Dándome cariño como si en vez de un hombre yo fuera una necesidad.

Y yo… entregándome porque, honestamente, ¿qué hombre en su sano juicio le dice que no a la mujer que ama cuando ella te mira como si fueras su debilidad favorita?

La noche terminó con nosotros respirando juntos, enredados, sintiendo esa paz que solo llega después de un huracán bonito.

Y sí…

me dormí pensando que a veces, solo a veces, ser el protagonista de mi propio desastre tiene recompensas bastante, bastante agradables.

Capítulo 19

Lunes, Café y Autopsia Mental

Me desperté primero, no por héroe… por viejo. El cuerpo me dijo "te levantas o te mueres", así que obedecí. Nicky estaba boca abajo, con el brazo sobre mí, respirando tranquila como si anoche no hubiese intentado convertirme en cardio de nivel olímpico.

A los cinco minutos se levantó, se duchó rápido y se vistió.

Me dio un beso en la frente.

La frente, cabrón.

Como si yo fuera un niño santo en una procesión.

—Voy con mami a comprar unas cosas. Vuelvo en par de horas. No hagas desastres —dijo.

Y se fue.

Dejó la casa en silencio.

Dejó la cama tibia.

Dejó su olor en la almohada.

Y dejó, más peligroso aún… mis pensamientos sin supervisión.

Porque si hay algo que la Iglesia Católica nunca pudo controlar… son los lunes festivos por la mañana con café y demasiado tiempo para pensar.

Me levanté con ese dolor bueno.

Ese que te recuerda dos cosas:

Que tu esposa todavía te ama y que tu cuerpo no es el mismo del 2008.

Fui a la cocina.

Me serví café como si estuviera preparando un ritual pagano.

Y me senté en la mesa a reflexionar sobre la vida…

que en mi caso es básicamente reflexionar sobre el caos.

Primero pensé en lo de anoche.

No tengo palabras… tengo sonidos.

Y no los voy a repetir porque tengo formación católica y todavía en algún rincón de mi alma hay un monaguillo asustado tomando notas.

Pero sí puedo decir esto: mi esposa me besó como si quisiera desarmarme pieza por pieza.

Y después me atacó físicamente como si hubiese firmado un contrato exclusivo para su entretenimiento personal.

Y yo… feliz.

Dispuesto.

Sin quejas.

Ni un "ay, espérate".

Nada.

La amé con entusiasmo y resignación.

Pero lo que más me quedó resonando… fue su actitud en la terraza.

Esa seguridad.

Ese "sí, otras te miran, y qué".

Esa manera tan tranquila de decir:

"Lo que importa es que duermes conmigo."

Cabrona.

Porque esa oración me dio una vida que ni el mejor gimnasio, ni el mejor psicólogo, ni el mejor sacerdote puede producir.

Dio en el punto exacto.

Mi talón de Aquiles.

Mi botón de reinicio.

Y entonces… como todo hombre en una mañana silenciosa… empecé a analizar lo que NO debía analizar.

Las amigas.

Porque, mano… yo no sé qué carajo está pasando ahí.

Pero algo pasa.

Mira a Jenny.

Esa mujer me mira como si estuviera evaluando si soy parte del menú o parte del personal.

Tiene esa mirada de "no lo voy a hacer… pero puedo pensarlo si me da la gana".

Ava es otra cosa.

Esa es como una mezcla entre psicóloga, modelo y filósofa borracha.

Te mira profundo, pero con elegancia.

Y a veces siento que ve más de lo que quiero que vea.

Y Lourdes…

Lourdes es un accidente de carro.

Si me mira más de dos segundos, me mete en problemas por deporte.

Esa mujer prende fuegos solo para ver quién sale corriendo.

¿Y lo más jodido?

A Nicky le encanta.

Pero no en sentido tóxico.

No en sentido de celos.

No en sentido de “provócame para pelear”.

No.

A mi esposa… hay algo en el interés externo que la prende.

Como si la competencia le recordara que tiene un premio exclusivo.

Como si ver a otras reacciones la pusiera… satisfecha.

Dueña.

Tranquila de que ella tiene la llave del cuarto VIP.

Y yo, cabrón, aquí en la mesa con café, pensando:

¿Desde cuándo mi matrimonio tiene reglas internas que yo no sabía que existían?

¿Desde cuándo… mi mujer se excita porque otras lo intentan pero yo no caigo?

Esa vaina no sale en los cursos prematrimoniales.

Nadie me dijo que el sacramento venía con DLC, ese contenido descargable que se activa solo y sin instrucciones.

La Iglesia diría:

“Eso es tentación”.

Yo digo:

“Eso es lunes”.

Porque si el deseo fuera excepcional, sería fácil negarlo.

Lo verdaderamente peligroso es cuando deja de sorprender.

Para colmo, hay algo más loco todavía:

Yo… yo jamás imaginé estar en una situación así.

Nunca.

Yo era el tipo que jugaba seguro, que trataba de no cagarla, que vivía tranquilo.

Y mírame ahora:

Un lunes festivo, solo en casa, analizando las señales emocionales de tres mujeres, mientras la cuarta me deja molido y feliz.

Soy el protagonista de una novela que jamás pensé protagonizar.

Y peor aún… estoy disfrutando entenderme en medio del caos.

Lo más extraño es esto:

Anoche, cuando Nicky me miró con esa seguridad… yo supe que estoy en un tipo de relación estable que no se define por celos… sino por elección constante.

Y eso… es más caliente que cualquier otra cosa.

Me recosté en la silla, mirando al techo.

Pensando en cómo rayos iba a manejar todo esto.

Lo que sentí.

Lo que ella siente.

Lo que las amigas dejaron en el ambiente.

Y ahí… en ese momento exacto… me llegó la primera verdad clara de la mañana:

Mi esposa me ama.

Pero también le encanta saber que otras me tomarían si pudieran.

Y yo… soy ese idiota afortunado que no sabe cómo carajo llegó aquí… pero no quiere irse.

Tomé otro sorbo de café.

Exhalé.

Sonreí.

Y pensé:

Ay, Dios… si mi abuela viera la novela en la que estoy metido, me mete a rezar rosarios hasta el 2085.

Capítulo 20

Conversaciones que la Biblia no cubre

Nicky regresó de casa de sus padres con esa energía que solo las mujeres felices tienen: tranquila, sonriente, peligrosa.

Se movía por la cocina como si flotara.

Yo la veía desde la mesa, mientras terminaba mi café número seis, porque me sentía en deuda con la vida desde que amanecí.

Servimos la cena.

Algo simple.

Pollo, arroz y ensalada.

Comida inocente, de esa que no anuncia malas noticias.

O eso pensaba YO, el pendejo.

Entre bocado y bocado, mientras hablábamos de nada importante, Nicky dejó el tenedor sobre el plato.

Lento.

Demasiado lento.

La misma velocidad que usan los villanos antes de revelar el plan.

Me miró.

Con cariño.

Con picardía.

Con intención.

—Amor —dijo ella—, te quiero preguntar algo.

Yo tragué.

Mal.

El alma se me movió de posición.

—Dime —respondí… porque aparentemente no tengo instintos de supervivencia.

Ella inclinó un poco la cabeza.

Una sonrisa suave.

Ese tipo de sonrisa que te puede curar… o te puede destruir.

—¿Qué tú… —hizo una pausa elegante— pensarías de un… threesome?

El arroz decidió rebelarse.

No hice ruido, pero internamente mi cuerpo se fue en modo Windows apagándose sin guardar archivo.

Ctrl + Alt + Delete.

Reboot espiritual.

Actualización de firmware católico.

Todo.

Me quedé mirándola.

No hablaba.

No respiraba.

Yo era literalmente una estatua de hombre casado sufriendo un derrame existencial.

—¿Jay? —preguntó ella, divertida—. ¿Estás bien?

"Bien" es una palabra muy fuerte para este momento, pero hice lo que pude.

—¿Tú… tú estás…?

¿Tú me estás hablando a mí?

¿A mí-mí? —señalé mi pecho, como idiota completo.

Nicky se echó a reír.

Su risa.

La risa de "sé exactamente lo que estoy haciendo".

—Sí, a ti, loquito —dijo, dándole un sorbo a su agua como si estuviera discutiendo un cupón de descuento.

Yo me limpié la boca con la servilleta, respiré como si estuviera haciendo ejercicios Lamaze y dije:

—Pues… eh… tú sabes… depende…

De muchas cosas…

De variables…

De… el Catecismo de la Iglesia Católica, por ejemplo.

Ella se atragantó riéndose.

—Ay, por favor —dijo—. Tu abuela estaría orgullosa.

—Mi abuela está en el cielo ahora mismo apagando la televisión para no ver esta escena.

Nicky cruzó las piernas.

Y ahí fue que YO supe que iba a morir.

—Es una pregunta, Jay —dijo calmada, como quien habla del clima—. Nada más.

Quería saber cómo tu mente procesa… posibilidades.

"Posibilidades", dice la cabrona.

Como si estuviera hablando de comprar casa de veraneo y no de dinamitarme la existencia.

Yo respiré hondo, cerré los ojos, y dije:

—Mira, amor… yo te soy sincero.

Si tú me tiras esa pregunta el viernes por la noche antes de la fiesta, yo te digo que no.

Que jamás.

Que eso es del diablo.

Que prefiero la muerte.

—¿Y ahora? —preguntó ella.

Y se mordió el labio.

Ese maldito labio suyo que debería estar regulado por el gobierno federal.

—Ahora… —dije, tragando duro— yo… te escucho.

Nicky sonrió.

Lento.

Suave.

Dueña.

—Jay Pierce —dijo ella, apoyando el codo en la mesa—, tú eres tan mío que a veces me pregunto qué harías si otras se te pegan mucho.

Ahí fue donde me jodí.

Porque esa pregunta sí venía con intención.

—Yo te respeto —dije rápido—.

Yo te respeto más que a mis traumas infantiles y a todos los santos del calendario litúrgico.

Ella explotó en risas.

—Jay…

Yo no quiero hacer nada —aclaró ella, seria pero suave—.

No es una propuesta.

No es una invitación.

Es una conversación… para entender cómo tú piensas.

Yo respiré como si me acabaran de perdonar la vida.

—¿Y cómo estoy pensando según tú? —pregunté, entregado.

Ella se acercó un poco más con la mirada:

—Estás nervioso… pero estás curioso.

Estás asustado… pero no estás cerrado.

Y eso —dijo ella, acariciando su vaso— dice mucho de ti.

Y ahí fue donde me dio el golpe final:

—A mí me encanta saber que otras te quieren mirar, Jay… pero más me encanta saber que tú siempre me escoges a mí.

Yo quedé sin batería.

Sin energía.

Sin vida.

—Pues claro —logré decir—.

Es que yo soy tuyo… con o sin sacramentos adicionales.

Ella alzó una ceja.

—¿Sacramentos adicionales?

—Tú me entiendes —dije, bebiéndome toda el agua como si fuera ron.

Nicky se levantó, caminó hacia mí, me agarró la camisa y me dio un beso lento.

—Solo era una pregunta, mi amor.

—Ajá —dije yo, temblando—.

Pero me acabas de añadir diez años de terapia.

Ella me dio otro beso, esta vez en la mejilla.

—Te amo, viejo mío.

—Y yo a ti, causante de mis infartos mentales —respondí.

Luego se alejó hacia el fregadero, y mientras picaba algo, dijo sin voltearse:

—Y tranquilo… que si yo llegara a querer compartirte… tú serías el primero en saberlo.

Yo parpadeé.

—¿Primero?

¿Y quién carajo sería el segundo?

Nicky se rió.

—La terapeuta matrimonial.

Ahí sí supe que no sobreviviría esta noche.

Capítulo 21

El segundo domingo

La semana pasó tan rápido que todavía no sé si la viví… o si solamente tuve un martes con cabello largo. Entre el trabajo, el tráfico y las responsabilidades de adulto funcional (o lo que queda de eso), todo fluyó con una normalidad sospechosa.

Rosemay estuvo fuera por un asunto familiar y su ausencia, curiosamente, le dio paz a mi sistema nervioso central.

Sin ella preguntándome cada diez minutos si “me veía cansado”, pude recargar mi batería emocional.

Poca, pero batería al fin.

Nicky estuvo tranquila también.

Ni tensiones, ni preguntas extrañas, ni temas peligrosos sobre… alternativas maritales.

Fue una semana de esas donde uno se convence de que la vida está bajo control.

Y así, sin escándalos, sin miradas raras y sin amigos cruzando líneas imaginarias…

Era domingo otra vez.

El tipo de domingo que huele a café, ropa cómoda, y decisiones malas.

Y justo ahí, en ese domingo inocente —el segundo domingo— fue que todo se fue al carajo.

El domingo era tranquilo.

Demasiado tranquilo.

Ese tipo de tranquilidad que en las películas significa que el monstruo está detrás de la puerta.

Yo estaba en la cocina, calentando arroz como si fuera un chef de documental… cuando escuché la puerta.

Las amigas.

Otra vez.

Yo respiré hondo.

Como quien se prepara para una auditoría del IRS.

Entraron Jenny, Ava y Lourdes.

—¡Jayyyy! —dijo Lourdes, sonriendo como si hubiese venido a venderme un seguro de vida fraudulento.

—Hola, Jay —dijo Ava, elegante como siempre.

Jenny me miró… demasiado.

Con intensidad.

Esa intensidad que solo tiene la gente que te quiere comer vivo… pero todavía no ha decidido si es moralmente correcto.

Yo les serví agua.

Porque soy un caballero.

Y porque tengo miedo a la cárcel.

Nicky bajó por las escaleras con el pelo mojado, recién bañada, oliendo a loción cara y serenidad femenina.

Y ahí…

en ese microsegundo…

lo vio.

Yo no.

Porque aparentemente tengo visión moral y no visión de mujer.

Pero Nicky lo vio.

Jenny se quedó mirándome…

no con coquetería… no con picardía…

NO.

Con hambre.

Una mirada de:

"Si tú pestañeas y tu esposa me da un break… yo hago historia, papi."

Una mirada que decía:

"Tengo planes contigo que ni el Vaticano aprobaría."

Nicky se detuvo en seco.

Ni respiró.

Yo, idiota, seguí sirviendo agua como si estuviera trabajando en un buffet chino.

—¿Todo bien? —pregunté feliz, ofreciendo hielo.

Nicky no contestó.

Solo observó la escena como quien está viendo un documental de animales cazando.

Jenny parpadeó al ver a Nicky…

pero Nicky ya lo había captado todo.

Yo no vi nada.

Porque soy un pendejo noble.

—Voy a buscar mi celular —dijo Nicky con calma.

Demasiada calma.

La calma que precede a los huracanes categoría 10.

Subió las escaleras sin apuro.

Demasiado tranquila.

Y ahí fue que la vaina se puso fea de verdad.

Mi celular vibró sobre la encimera.

Mensaje.

De Jenny.

Yo, idiota, no lo toqué.

Porque estaba cortando un limón.

Muy responsablemente.

Libre de culpa.

Pero Nicky…

Nicky venía bajando las escaleras justo cuando sonó la segunda vibración.

—Déjame ver si es mi mamá —dijo.

Y tomó MI celular.

Porque en nuestro matrimonio, los celulares son de ambos. Nosotros no tenemos secretos. Aunque hay cosas que cuestan más que compartir que otras.

Abrió el mensaje.

Se detuvo.

Se congeló.

Y yo sentí que mi alma salía del cuerpo como en las caricaturas.

—Amor… —dije, pegándole al limón como si fuera terapia ocupacional—, ¿quién es?

Nicky no contestó.

Solo levantó el teléfono…

me miró…

y leyó en voz alta:

Jenny:
"No sé cómo decirte esto… pero piensa bien lo que hablamos ayer".

"A veces la gente necesita sentirse deseada para saber lo que vale".
"No lo tomes a mal… pero Jay me preocupas".

BROOOOOO.

Yo me quedé paralizado.

Como si me hubieran disparado con un taser.

—¿Qué carajos es esto? —preguntó Nicky, sin levantar la voz.

Yo sentí que se me bajó la presión de golpe.

—Nicky… yo… yo no sé qué carajo es eso —logré decir—.

Yo no hablé con nadie ayer.

Yo estuve contigo…

TODA la noche.

¿Tú no te acuerdas?

Tú casi me envías al hospital por amor extremo.

Jenny trató de intervenir:

—Ay, Nicky, no es lo que—

Nicky levantó la mano.

—Shhh.

No hables todavía.

Y ese "shhh"…

ese "shhh" fue tan fuerte que hasta el refrigerador dejó de sonar.

Yo me limpié las manos en la toalla.

Me acerqué.

—Amor… yo te juro…

—Lo sé —dijo ella sin mirarme—.

A ti no te estoy mirando.

Jenny tragó saliva.

Ava abrió los ojos.

Lourdes murmuró:

—Ay, puñeta…

Nicky respiró.

Profundo.

Letal.

—Jay… ¿tú me puedes decir por qué esta tipa está escribiendo cosas sobre "pensar bien lo que hablaron"?

¿Y por qué carajo está opinando sobre lo que tú necesitas para sentirte deseado?

Yo quería que la tierra me tragara.

Me tragara y me escupiera en Fiji.

—Nicky… yo no hablé nada con nadie —dije—.

Yo no sé de qué ella está hablando.

Te lo juro.

Por mi madre.

Por la tuya.

Por el perro.

Por el wifi.

Nicky me miró.

Y, sorprendentemente… me creyó.

Porque Nicky no es tonta.

Ella sabe leer miradas.

Y la de Jenny… había dicho TODO.

—Jay —dijo ella—.

Sube a buscar mi cartera, por favor.

Ese “por favor” me preocupó.

Esa preocupación que te da cuando el doctor dice “siéntate”.

Yo subí.

Y mientras subía las escaleras, solo escuché:

—Jenny… tenemos que hablar TÚ y YO.

Capítulo 22

Hora de llamar al Zen

La casa estaba tan silenciosa que podía escuchar mis pensamientos tropezarse entre sí. Nicky y las amigas se habían ido a algún lugar del planeta —no sé si Starbucks, la terraza de Lourdes o un círculo de brujería emocional— a discutir lo que había pasado.

En qué tono, con cuánta pasión y cuántos insultos creativos… solo Dios y el Espíritu Santo lo saben.

Y yo me quedé aquí.

Solo.

En la cocina.

Con arroz frío y el corazón caliente de susto.

Respiré hondo.

Busqué mi celular.

Había una sola persona en este planeta que entendía crisis existenciales, dilemas morales y tentaciones disfrazadas de brunch…

Mark.

Porque si tienes un problema, una duda o un significado oculto en un tic nervioso de tu esposa, tú no llamas a un psicólogo.

Ni a un pastor.

Ni a un abogado.

Tú llamas a Mark.

El Cuarto Jinete del Apocalipsis.

La mente más peligrosa y más serena que ha parido la industria de seguros.

Un evaluador de riesgo profesional que ve la vida como si todo fuera underwriting.

Marqué.

Sonó una vez.

Sonó dos.

A la tercera…

—Bro —contestó Mark con voz zen.

—Estoy en plena meditación, dime qué pasó antes que me ilumine demasiado.

Perfecto.

Exactamente la energía que necesitaba.

—Mano… —dije, respirando como si estuviera escalando el Everest y me robaron el tanque de oxigeno—, tú no me vas a creer esto.

—Jay… —interrumpió él—. Si yo te contara lo que escucho en este negocio, créeme que sí te voy a creer.

Le conté todo.

TODO.

La mirada de Jenny.

El mensaje prohibido.

Nicky en modo CIA.

El "sube a buscar mi cartera".

El "tenemos que hablar TÚ y YO".

La tensión.

El sudor frío.

La sensación de que me metieron en una telenovela mexicana dirigida por Quentin Tarantino.

Mark no me interrumpió.

Nada.

Solo respiraba.

Como monje tibetano entrenado para manejar pendejadas ajenas.

—Bro… —dijo al fin— estoy procesando.

—Pues procesa rápido cabrón que me estoy muriendo.

—Ok, ok —dijo él—. Pregunta importante: ¿Tú cruzaste alguna línea?

—¡NO! —respondí instantáneamente—. Físicamente no. Yo estoy limpio. Más limpio que un plato recién fregado con Clorox.

—¿Y mentalmente? —preguntó Mark.

Silencio.

Yo miré al arroz.

El arroz me juzgó.

Suspiré.

—Bro… mentalmente hace rato el diablo me llevó. En mi mente yo viré a esas mujeres como media desde que empezaron con las insinuaciones. Y Nicky lo veía… y en vez de molestarle, la cabrona se excitaba.

Mark soltó una carcajada tan genuina que pensé que se ahogó.

—PUÑETA, Jay… yo sabía que tú estabas en un triángulo raro, pero tú estabas en un cuadrilátero completo.

—¡Mark! —dije indignado—. Esto no es gracioso. Yo estoy en una crisis existencial.

—Bro… —dijo él controlando la risa—. Tú eres ingeniero. Tú deberías saber que cuando pones tanta presión en una estructura… tarde o temprano se rompe una viga.

Me quedé callado.

Porque maldita sea… tenía razón.

—Ok —continuó él—. Te voy a decir algo serio. Y escúchame bien… Tú y Nicky tienen que hablar. Pero hablar de verdad. No "todo bien, amor". No "te amo, whatever". Hablar a corazón abierto.

—¿Y qué carajos le voy a decir? —pregunté.

—La verdad —respondió él sin titubear—. Toda la verdad. Dile hasta qué punto esto te llevó. Dile que en más de una ocasión casi te quebraste. Dile lo que sentiste. Dile lo que pensaste. Dile lo que te asustó. Porque si tú no sueltas esa presión… esa viga se rompe… y ahí sí te jodes de verdad.

Respiré.

Profundo.

Como si estuviera inhalando sabiduría y exhalando estupidez.

—Mark… ¿Cómo tú haces para hablar así?

—Bro —dijo él—. Soy agente de seguros. Yo vivo analizando riesgos. Y ahora mismo tú estás en nivel naranja tirando pa' rojo.

Me reí.

Porque tenía razón.

—Gracias, bro —le dije.

—Siempre —respondió él—. Ahora ve y habla con tu mujer. Antes que esas cuatro allá afuera empiecen a preparar tu funeral.

Yo colgué.

Respiré.

Miré la puerta.

Porque el momento venía… y yo tenía que enfrentar a Nicky con la verdad en la mano.

Capítulo 23

A corazón abierto

Pasaban de las siete cuando escuché la puerta. La casa estaba tan quieta que hasta el gato chino de la suerte dejó de mover su pata.

Nicky entró.

Serena.

Pero no la serenidad normal.

No la de lunes con café.

La otra.

La serenidad post-huracán, esa que deja los árboles sin hojas y las casas sin techo… pero el cielo limpiecito.

Me miró.

Yo estaba sentado en la mesa, con los codos apoyados y las manos entrelazadas, como quien espera sentencia.

Nicky respiró. Despacio.

Luego dijo:

—Jay… perdóname.

Esa palabra —perdóname— me desarmó de pies a cabeza.

Se acercó un poco más.

—Juro que nunca pensé… nunca… que cuando tú me decías que mis amigas te miraban raro, fuera verdad. Pensé que estabas exagerando. Tú siempre estás de bromista… —tragó saliva— pero hoy entendí que no estabas jugando.

No supe qué decir.

Yo, maestro del sarcasmo, dueño del comentario perfecto… ahí me quedé mudo.

Nicky se sentó frente a mí.

No había enojo.

No había gritos.

Había una calma peligrosa.

De esas que vienen después de llorar mucho… o pensar demasiado.

—Jay… —dijo bajito— hay algo que necesito saber.

No importa lo que sea, créeme que lo voy a entender.

Porque fui yo quien te puso en esa posición.

Fui yo quien ignoró tus señales.

Fui yo quien jugó con fuego pensando que el fuego no quemaba.

Hizo una pausa.

—¿Alguna vez tú…?

—NO —respondí antes que terminara.

Rápido.

Firme.

Con carácter.

Ella levantó las cejas, sorprendida.

Yo continué:

—Nicky… físicamente, jamás.

Ni un milímetro.

Ni un pensamiento que se convirtiera en acción.

Nada.

Ella respiró… como si le hubieran quitado cien libras de encima.

Pero yo levanté una mano.

—PERO… —dije— si te tengo que confesar algo, lo voy a hacer ahora… sin filtro.

Se inclinó un poco.

—Fue tanta la presión… tanta… que sí. Me hice películas en la mente. No por querer hacerlo. No porque me faltara algo contigo. Sino porque soy humano… y porque la situación era una locura emocional que tú misma viste hoy.

Nicky me miró.

Con tristeza.

Con culpa.

Con amor.

Dijo:

—Jay… yo hoy entendí algo que nunca quise admitir.

A mí… —bajó la voz— en parte me excitaba saber que mis amigas te encontraban atractivo.

Yo pestañeé.

—¿Excitaba…?

—Sí —admitió ella, sin moverse—.

Pero no así.

No como lo que pasó hoy.

Yo pensaba… no sé… que ellas querían un hombre como tú. Pero no que te querían a ti. No que se te iban encima. No que iban a cruzar líneas. Y mucho menos… —me miró directo— que tú estabas allá afuera tratando de sobrevivir y yo ni cuenta me daba.

Se le llenaron los ojos de agua, pero no lloró.

—Perdóname por eso —repitió.

Yo respiré profundo.

Porque era mi turno.

—Nicky… es que tú no viste lo que yo veía. Tú no escuchaste lo que yo escuchaba. Tú no sentiste la tensión.

Yo estaba en un cuadrilátero emocional… sin casco… sin entrenador… y sin árbitro.

Ella soltó una risita suave.

—Jay…

Y se acercó un poco más.

—Te voy a decir algo, y quiero que lo escuches bien. Yo nunca dudé de ti. Jamás. Pero subestimé cómo se puede sentir un hombre cuando lo están… presionando. Cuando lo están mirando como si fuera un juguete nuevo. Cuando siente que si pestañea, cae.

Yo asentí.

Porque sí.

Exacto así era.

Nicky me tomó la mano.

—Gracias por frenarte. Gracias por no cruzar la línea. Gracias por seguir siendo tú… incluso cuando yo, sin darme cuenta, hice el ambiente perfecto para que todo se fuera al carajo.

Silencio.

De esos que curan.

No de los incómodos.

Después ella respiró hondo.

—Jay… yo necesito que hablemos de todo.

No solo de lo que pasó hoy. Quiero saber hasta dónde llegaste emocionalmente. Quiero saber qué te asustó. Qué te tentó. Qué casi te rompe. Porque quiero arreglar esto contigo, no encima de ti.

Yo apreté su mano.

—Nicky… yo pensé que tú ibas a salir más encojonada que un gallo sin comida.

Ella sonrió.

—Estuve. Pero no contigo. Porque si Jenny cruzó esa línea… es porque yo la dejé acercarse demasiado. Y eso… se acabó desde hoy.

Respiré.

Por primera vez en todo el día, respiré normal.

Nicky se levantó, dio la vuelta a la mesa y se sentó sobre mis piernas.

Me pasó una mano por la nuca.

—Jay… si tú supieras cuánto te amo… y cuánto me jode saber que te puse en una situación que te hirió… —me tocó la mejilla— yo estoy aquí, y no voy pa' ningún lado.

La besé en la frente.

La misma frente que ella me besó esta mañana.

Y por primera vez desde que empezó este desastre… sentí que teníamos un futuro más fuerte que el huracán que nos pasó por encima.

Capítulo 24

Cinco meses después…

Me llamo Julius Jay Pierce. Y por primera vez desde que empezó este caos… sé exactamente dónde fue que todo se fue al carajo.

Y no fue donde yo pensaba.

No fue el día de la Samuel Adams en el congelador.

Ni el día del escote innecesario con mi secretaria inclinada de más hacia mi en mi escritorio.

Ni el día que Jenny me miró como si yo fuera especial en un menú de chef Michelin.

Ni siquiera el día del mensaje prohibido que casi me manda a Fiji por teletransportación emocional.

No.

El punto exacto fue el día en que dejé de entenderme a mí mismo.

Porque, mira… yo soy ingeniero.

Yo arreglo cosas.

Yo calculo cargas, estructuras, tensiones.

Pero nadie me explicó cómo funcionan:

- las tentaciones femeninas,
- las inseguridades masculinas,

- las heridas invisibles,
- los silencios peligrosos,
- las miradas que confunden,
- ni los huracanes emocionales que llegan sin aviso del NOAA.

Cinco meses atrás, yo estaba orgulloso de mi vida.

Perfecta.

Ordenada.

Hermosa.

Como esas casas de revista donde tú dices: "¿Quién carajo vive así?"

Pues yo vivía así.

Feliz.

Tranquilo.

Convencido de que lo tenía todo bajo control.

Y entonces entraron ellas.

Las amigas.

Y con ellas… una prueba que nadie me preparó para tomar.

Un examen sorpresa del universo.

Esos que uno no estudia porque uno cree que "eso nunca me va a pasar".

Spoiler:

SÍ te pasa.

Y pasa más rápido de lo que uno piensa.

Porque a veces el diablo no llega con cuernos y cola.

A veces llega en tacones, con rímel resistente al agua y tendencia a sentarse en tu cocina como si fuera suya.

Y tú… respiras.

Y sobrevives.

Más o menos.

Pero aquí está lo más cabrón:

Yo pensé que era mi matrimonio lo que estaba en riesgo.

Y era yo.

Yo mismo.

Era mi cabeza.

Mi ego.

Mi moral.

Mi capacidad para decir "no" cuando el mundo te está diciendo "¿y por qué no?".

El verdadero punto exacto donde todo se fue al carajo… fue cuando dejé que mi silencio ocupara el espacio donde debía haber hablado.

Cuando le dije a Nicky "todo está bien"… cuando claramente NO estaba bien.

Cuando pensé que por ser fuerte… tenía que aguantarlo solo.

Cuando confundí "ser esposo" con "ser mártir".

Pero aquí viene la sorpresa:

No me rompí.

No me perdí.

No me traicioné.

Estuve cerca.

Demasiado cerca.

Pero no.

Porque al final del día… la línea que no crucé no fue física.

Fue espiritual.

Fue mía.

Y eso es lo que me devolvió intacto a los brazos de mi esposa.

Y a ella… a Nicky… tengo que agradecerle otra cosa:

Ella también se enfrentó a sus demonios.

Y los venció.

Aceptó que lo que empezó como un jueguito inocente, esa cosita de sentirse "la que tiene al hombre que todas quieren", se le fue de las manos.

Aceptó que ignoró señales.

Aceptó que yo no exageraba.

Aceptó que no soy un superhéroe… sino un hombre.

Un hombre que siente, que se confunde, que teme, que tiene límites.

Y ella me habló con honestidad.

Y yo le hablé con la mía.

Y ahí… en ese momento… se arregló lo que yo creí perdido.

No porque ella me perdonó.

No porque yo me defendí.

Sino porque los dos entendimos algo:

El matrimonio no es perfecto.

Pero un matrimonio con verdad… sobrevive lo que sea.

Hoy, cinco meses después…

ya sé dónde todo se jodió.

Pero también sé dónde empezó a arreglarse:

Aquí.

En la mesa.

En su voz.

En mi vulnerabilidad.

En su ternura.

En mi miedo.

En su “perdóname”.

En mi “no crucé la línea”.

En su “aquí estoy”.

En mi “yo también”.

Y, sinceramente… si esto fue una prueba del diablo… salí aprobado.

Raspando.

Sudando.

Temblando.

Y con ganas de confesarme dos veces.

Pero aprobado al fin.

Así que sí… te prometí que te contaría dónde mi vida se fue al carajo.

Y lo hice.

Pero también te conté dónde la recuperé.

Porque a veces —aunque duela admitirlo— el diablo también usa minifalda. Pero el amor verdadero usa armadura.

Y en esta historia… mi esposa y yo ganamos.

Juntos.

FIN

Créditos

Autor:	Robert MM
Editora en Jefe:	Nia M.O.
Lector Beta:	Ramón Villafañe
Digitalización y Medios:	Roberto E. Martínez-Ortiz
Directora de Operaciones y Calidad:	Rosa I. Ortiz-Piñeiro

Agradecimientos

Gracias a Rosa, mi esposa, por quererme incluso cuando no parezco fácil de querer… y por inspirar una historia donde el protagonista sufre mucho más que yo en la vida real.

Tranquila, amor: esto es ficción… *más o menos*.

A Milo y Nahia, porque gracias a ustedes aprendí que dormir es opcional, pero perseguir sueños no lo es.

A mis panas —sí, ustedes saben quiénes son— gracias por los consejos, los tragos, las risas y por evitar que tomara decisiones estúpidas… aunque tampoco lo lograron siempre.

A mis lectores, por abrir este libro y decidir quedarse.

Prometo seguir escribiendo mientras ustedes sigan leyendo. (Trato justo, ¿no?)

A quienes dijeron que este proyecto era imposible…

Les dedico un abrazo cariñoso.

Desde lejos.

Bastante lejos.

Más novelas de Robert MM

Si disfrutaste esta historia, te invito a descubrir otras novelas dentro del universo creativo de **POCAS Creative**, donde cada libro explora distintos mundos, conflictos humanos y decisiones que cambian destinos.

División Fantasma – Operación Londres
Un thriller de espionaje internacional donde las lealtades se rompen y cada movimiento puede alterar el equilibrio del poder global.

División Fantasma – Orígenes
La historia que revela cómo comenzó todo. Una misión secreta, decisiones imposibles y el nacimiento de una operación que cambiará el curso de los acontecimientos.

Legacy & Law – Canadá
Un drama legal donde la justicia se enfrenta a intereses capaces de destruir reputaciones, carreras y vidas enteras.

Descubre más historias y proyectos en:
POCAS Creative

¿Te gustó esta historia?

Si esta novela te conmovió, te hizo reflexionar o simplemente la disfrutaste, te invitamos a dejar una reseña en Amazon.

Tu opinión es clave para que más lectores puedan descubrir esta obra.

Conecta con el autor:

Facebook: facebook.com/RobertoMartinezAuthor

Email: robertmartinezauthor@gmail.com

Página de autor en Amazon: amazon.com/author/robertmartinezofficial

Gracias por leer.

Gracias por creer.

Una producción de **POCAS Creative**

Historias que dejan huellas.

Made in the USA
Monee, IL
10 September 2026

62771008R00144